離島醫生

A Young Doctor
on The Island

侯文詠

二版序

華文最經典的《論語》一開始問的問題就是生命中什麼最快樂？結果孔老夫子說：「學而時習之，不亦悅乎。有朋自遠方來，不亦樂乎。」隨著時光流逝，以經驗印證知識，恍然大悟，覺得人生不虛此行，這的確是讀者的至樂。

至於作家的樂趣，多半來自「有朋自遠方來，不亦樂乎」的樂乎。遠方的朋友不一定住得很遠，很可能只是心靈的遙遠，說不定就是隔壁的鄰居，本來八竿子都搆不著的人，讀了書，興奮地跑來說：哎啊，我看了你寫的書，笑（或者哭）了一個晚上睡不著。我告訴你，我當兵的時候，在哪一個單位，那裡怎樣怎樣……

另一種遠方，是時間的遙遠。那是跨越了世代而來的朋友，本來必恭必敬地叫著你老師，甚至就是喊著你爸爸的小孩，看著看著笑得忘了輩分，拍著你的肩說：哈哈哈，你們未免也太遜了吧，怎麼這麼蠢呢……

《離島醫生》在一九九三年發行。經過了十多年，不斷地有讀者穿越空間、時間，穿越心靈，從遠方而來，和我的生命經驗變成了朋友。這次改版，我知道同樣的事情會繼續發生下去。這是寫了十幾年的故事之後，覺得身為作家最幸福的事了。

初版序

不確定的年代

書慢慢寫得多了，最常遇見讀者問的問題是：你寫的到底都是真的還是假的？剛開始我也不知從何說起。不過久了，開始自我反省，到底我寫的都是真的還是假的？

做的是文學創作，當然不能像是新聞報導或者是歷史傳記來追究這些問題。不過最近新聞媒體報導看得多、聽得多了，竟有了不同的發現。照說，新聞、歷史應該是真實，文學、藝術是虛構的才對。不過如果讀者有心去翻翻昨天的報紙，甚至是上個月、去年的報紙，與現實對照，許多昨日才說著那樣話的人，今日變成了說這樣的話。那些上個月還信誓旦旦的事，美好的規劃、承諾，這個月變成了這個樣子……這麼多所謂客觀、公正、真實的記載累積起來竟成了我們的歷史。再想下去就不得了了……

我雖然受科學訓練，不過卻是個十足的文學迷。我看《三國演義》，寫到袁紹聯軍與董卓對峙。董卓手下大將華雄連斬了袁紹的俞涉、潘鳳，弄得眾人無計可施時，關公自告奮勇跳了出來這一段。羅貫中描寫關雲長初露頭角的英姿：

「小將願往斬華雄頭，獻於帳下。」眾視之，見其人身長九尺，髯長二尺；丹鳳眼、臥蠶眉；面如重棗，聲如巨鐘；立於帳前。紹問何人。公孫瓚曰：「此玄德（所謂玄德就是指劉備）之弟關羽也。」

紹問現居何職，瓚曰：「跟隨劉玄德充馬弓手。」

帳中袁術大喝曰：「汝欺吾諸侯無大將耶？量一弓手，安敢亂言！與我打出。」

曹操急止之曰：「公路息怒。此人既出大言，必有勇略；試叫出馬，如其不勝，責之未遲。」

袁紹曰：「此使一弓手出戰，必被華雄所笑。」

操曰：「此人儀表不俗，華雄安知他是弓手？」

關公曰：「如不勝，請斬某頭。」

操叫釃熱酒一盃，與關公飲了上馬。關公曰：「酒且斟下，某去便來。」出帳提刀，飛身上馬。眾諸侯聽得關外鼓聲大舉。如天摧地塌，岳撼山崩，眾皆失驚。正欲探聽，鸞鈴響處，馬到中軍，雲長提華雄之頭，擲於地上，其酒尚溫。

「好誇張！」好個其酒尚溫。我不禁一邊拍手，一邊要抗議。

千百年都過去了，可是那個又誇張又生動的畫面歷歷在目，不管你要問它是真是假，有此實實在在的什麼傳遞了下來，在我看來，那是遠比人類自認為所謂的「真實」來得還要真實的事。

本身職業的緣故，生死看了不少，常常覺得人實在渺小得很。不曉得為什麼，對那些做作的正經八百以及所謂的真理愈來愈害怕，慢慢覺得文學倒是個實在的好去處。

有些讀者看我寫的故事，一邊笑、一邊掉淚、還一邊叫：

「好誇張！」

我雖不至於沾沾自喜，但也不覺得不好。畢竟有史以來，這件事我並非始作俑者。

再有人要問我寫的到底是不是真的？文學本身是虛構的沒錯，但從某個角度而言，我卻要用很嚴肅的態度說：

「我寫的都是真實的。」

不但如此，我只寫真實的東西。

《離島醫生》一開始寫，想說的就不只是離島、部隊、飛機或者是醫生。活在這個時代，每件離譜的事都那麼地熟悉，似曾相識。對事情每個人自然有不同的看法，但我不是那種習慣大聲吶喊的人，很多人說不定早看出來了。如果時代慢慢改變，有一天，真的有愈來愈多人看完了故事，覺得不可能發生，或者是大叫荒謬，我相信我會覺得開心。

屆時問我，我也許會回答：

「從前從前曾經有過一個年代，我們都不怎麼滿意，卻又沒什麼好辦法。不過它已經過去，不再回來了。」

是的，不再回來了。那時候，一切都美好。

我們在這個不確定的年代裡，充滿渴望與期待。

卷一

離島醫生

卷二

風過澎湖

卷一

離島醫生

沒有飛機掉下來

在我退伍以後很久的一個夏天，我忽然接到一通來自澎湖馬公機場的電話，電話那邊傳來是我後期醫官的聲音，他用亢奮的聲音告訴我：

「我告訴你，飛機掉下來了！真的掉下來了！」

隔著電話，我聽到了飛機引擎聲，逼真的臨場感。

「有沒有人傷亡？」我問他。

「沒有。」

他幾乎是上氣不接下氣，連珠炮似地跟我說個不停。真的掉下來了？我保證那絕對不是幸災樂禍，但我完全可以想像他的感覺。

掛上電話，耳朵都是澎湖機場上轟隆隆戰鬥機、運輸機、噴射客機的聲音。我想起了從前開著救護車，守在機場的那些日子。

當時我的任務就是等待飛機掉下來。

我想我不該那樣。可是不知道為什麼，我莫名其妙有種悵然若失的感覺。

那時候我等了兩年，沒有飛機掉下來。退伍了。

Ⅰ

我一直清楚地記得第一次我的長官指著鼻子罵人的樣子。

任何人聽到這樣的任務應該都會有和我一樣的反應才對。

「可是……你是說，像這樣，」我順手比了一個飛機墜毀的手勢，「等飛機掉下來？」

「哼？」他的尾音拉得好高。

「我是說，飛機，飛機……怎麼會掉下來？」

「你覺得很滑稽是不是？」我的長官顯然生氣了，他指著我的鼻子，「我鄭重警告你，不管你覺得事情有多可笑，再滑稽的事背後都有嚴肅的一面，你最好永遠給我記住這句話。」

我還來不及問出更多的問題之前，他已經交代完了他的任務。背著手，越過滑行道，消失在跑道的那一端了。

2

看來似乎是個不太順利的一天。

我的駕駛兵正在踢他的救護車。

「你在幹什麼？」我問他。

「我在修理救護車，」他又踢了兩腳，跑到駕駛座去發動引擎，「有時候這樣可以發動。」

他發動了引擎，沒一下，熄火了。

「你有沒有去給車輛分隊那些人檢查過？到底是什麼毛病？」

「精神病，」他又猛烈地搖晃車身，「他們說是精神病，在這裡待上十四年，不得精神病，那才奇怪。」

發動引擎，還是沒著火。

「十四年？」我抓了抓頭，「難道我們沒有試著申請新的救護車？」

「別傻了。」他笑著指著跑道上正在起飛的 C-119 運輸機，「看到沒？那飛機四十幾年都還在飛。你十四年算老幾？上次他們就是這樣告訴我的。」

「這樣不行，萬一有飛機掉下來，我們就完蛋了，」我繞到救護車後面找我的救護兵，「阿成，下來，幫忙推車。」

「拜託……你沒看到我很忙，明天總部要來視察了。」我的小兵坐在救護車內很認真，一字一句地寫他的紀錄。

「你在寫什麼紀錄？」我湊過頭去看。

「很—成—功—地—完—成—了—這—一—次—義—診—的—任—務—，充—分—發—揮—了—軍—愛—民—，民—敬—軍—，軍—民—一家—的—革—命—精—神。」

「我怎麼不記得我們曾經出去義診過？」我訝異地表示。

「那個村子早就剩下沒幾個人了。去了也沒有用，所以我們沒有去。」

「沒有去怎麼還會有四十幾個人的病歷紀錄？」我問他。

他對我露了一個詭異的笑。

我隨手抓起病歷翻閱。看看沒有去義診，怎麼寫出病歷來？

「咦？」這可有趣了，「這個張青峰，不就是雜貨店老闆娘的爸爸。幾個月前死了，我們還收過白帖子，怎麼可能昨天來看病呢？」

「他不能死。」醫務兵理直氣壯地回答。

不能死？

「總部規定每個月義診診數至少四十人，每個人都死了，去哪裡找四十個人？」

「他還會說話？」我愈翻愈覺得好笑了。

他把病歷搶回去。

「我們一邊義診，一邊做政治教育。他當然要說話。表示我們得到了成果，這樣政戰部看了才會滿意。」他一副要我少不上道的表情。

「我看看他說什麼話？」我一把又把病歷搶回來，「哈，李總統很英明。怎麼每個人都說同樣的話。」

「沒有人規定不能說同樣的話，」他看看我，「哎喲，醫官，別鬧了，拜託幫我想個幾句話，總部明天要來抽查，今天晚上我再不交就泡湯了……」

轟隆隆又從我頭上飛過七三七噴射客機，那聲音大得我不得不蒙上耳朵。

車身晃動了一下，顯然我的駕駛兵又狠狠地踢了救護車。

他走到前座去。發動。

「他媽的。」

顯然還是沒著火。

就在我們萬念俱灰的時候，精采的事可發生了。

「這裡是塔台，救護車及消防車請立刻出發在北跑道終點待命！聽到請回答，OVER。」

「什麼？」抓住無線電對講機，我幾乎大叫起來。

「不是演習，再強調一次，不是演習！OVER。」

3

就在我們都下來踢救護車的時候，我看到所有的車輛都往北跑道終點奔去。

這次來真的。

先是大型 T-33 消防車，聲音其大無比，像是森林裡的大象出動了一樣，驚天動地奔向待命位置。跟在消防車後面的是漆著黃色 Follow me 字樣的吉普車，那是屬於飛行管制中心的車輛。

另外有兩三部吉普車不約而同地奔向北跑道終點。看都不用看就可以猜出來是指揮官、副指揮官、政戰主任的座車，表示老大、老二、老三都已經出動了。

「救護車，請立刻就待命位置，我再重複一遍，請立刻就待命位置，OVER。」

「怎麼辦？」駕駛兵急得都快發瘋了，他再發動一次引擎，還是沒著火，「怎麼辦？場面事故視同前線作戰，無故不到可判處七年以上有期徒刑，嚴重者可加重刑責，判處無期徒刑至死刑。」

「別慌，」我安慰駕駛兵，「別慌，別慌……」

「醫官，我看我們直接抬著擔架，帶著醫療用品跑過去算了！」醫務兵告訴我。

「開玩笑，要跑一、二千公尺……」

「總是比無故不到強很多。」

「到時候怎麼運送傷患？」我問。

「那邊車輛那麼多，隨便找都有一部。你人到了，誰都不能把你怎樣，」醫務兵一副老鳥的樣子，「要就快一點，不然飛機下來就麻煩了。」

我給駕駛兵一個眼神，「把擔架抬出來。」

「真的要跑過去？」

「你還敢說，平時都不好好保養車輛，你死定了。」

「我怎麼知道飛機真的會掉下來！」

好了，空軍是最科技先進的軍種。跑道上所有障礙都已經清除，消防車閃動著紅燈，所有車輛幾乎已經就位完畢，擴音器已經搭架起來。指揮官進入指揮位置，利用無線電與擴音器同時對塔台及周圍人員下達命令。一切都在控制之中。

抬著擔架一邊跑，我忽然覺得很慚愧，倒不是難過，主要是丟臉。

你看，在這麼現代化的部隊裡，我們竟然用跑的，而且還跑得踉踉蹌蹌。

「醫務所在搞什麼鬼？」果然沒錯，從擴音器的聲音就知道指揮官已經大發雷霆。

立刻飛奔過來的是黃色的 Follow me 吉普車。

「你們耍什麼寶？」飛行安全官探頭出來大罵。

「救護車臨時拋錨。」我露出無辜的微笑。

「搞什麼嘛，」飛安官把吉普車停了下來，「上來，上來，統統上來。」

駕駛兵坐在我的旁邊，我可以感覺到他一直在發抖。

「給我出狀況？」指揮官的聲音，透過麥克風顯得又粗糙又可怕，「看我不修理你們。」

比我們更遜的是陸軍的警衛連部隊。他們平時警衛機場安全，同時也負有支援救難的任務。有時候，我承認我們空軍實在不太了解陸軍的作為，不過我看見他們每個人都把洗臉用的臉盆帶出來，準備飛機迫降後救火，那實在是太誇張了。

「第一班！」下令的是一個掛階和我一樣的少尉排長，「就取水位置。」

有差不多一班十個人，輪流有模有樣地到消防車把臉盆裝滿水，並回來立正站好。

我看得出來指揮官頭上已經快要七孔冒煙了，他大叫：

「警衛連搞什麼鬼？他媽的拍《覓橋英烈傳》是不是？」

「報……報……告，指揮官，依照勤務作業手冊規定……」

他從袋子裡翻出一本破破爛爛，不曉得是民國幾年以後就沒有再修訂過的冊子。

4

過了不知多久，漸漸從海面那邊看到了一個小點，以及啪啪啪很清楚的螺旋槳聲。

「海鷗部隊。」

怎麼會是直升機？

「聽說命令是直接從總部下來的，會不會是演習？」醫務兵悄悄在我耳邊低語。

看起來飛機飛行得很好，完全沒有迫降的態勢。一切更陷入五里霧中。

「二十五公尺範圍內人員全部清除。消防車第一線待命。救護人員在消防車上風十公尺處第二線待命。」擴音器的聲音。

直升機的身影愈來愈大，捲起了一陣風，慢慢降落下來。

「消防車撤退，救護人員就飛機接運傷患。」等確定沒有爆炸的危險，指揮官的命令又下來了。

聽到命令，我和兩個醫護兵扛著擔架，低著頭，逆著風慢慢靠近直升機。

螺旋槳慢慢停了下來，裡面走出來一個軍官，他告訴我：

「病人在後面，從望安來的產婦，開始陣痛了。等一下下來的直升機就是。」

現在我搞清楚了。是救難，不是迫降。看飛機的番號應該是台中飛過來支援的救難部隊才對。

我放下擔架，往南方的天空望了一下。那就是望安的方向。看來今天的風浪不小。從澎湖本島坐船過去最快也要二、三個小時。望安島嶼並不大，騎摩托車只要二十分鐘就繞完一圈了。居民主要以捕魚為生。

交通出入並不方便，常常看的是昨天的報紙。在那裡的衛生所想找一名護士都相當不容易，更不用說是醫院或者是婦產科醫師了。

「今天是禮拜天，國內沒什麼重要的政經消息，配合政策需要，這新聞晚上搞不好可以上頭三條。」那個中校向指揮官行了一個軍禮，似乎很興奮地表示。

現在我可仔細地看清楚了跟在他後面下直升機那幾個傢伙，手上拿著攝影機、燈光，以及麥克風。他們很快在跑道架設起他們的設備。

「好，醫官，我們整個國軍部隊的榮辱都繫在你的身上了，」他拍拍我的肩膀，「等一下我要你們抬著擔架，沿著這裡，有沒有，對，就是燈光的地方跑過去，你要稍側一下身，別擋到飛機上的國徽，知不知道？」

我點點頭。連指揮官都熱心地過來幫我整理軍服，顯然是很重要的任務。

他一直看著我，好像什麼地方不對勁。他皺了皺眉頭，終於問：

「你們有沒有好看一點的醫官？」

「沒有，就這一個。」指揮官和我同時都給他不好看的臉色。

5

為了讓狀況看起來很緊急，逼真，直升機的螺旋槳一直轉動著。

我不得不用很大的聲音對著病人喊話：

「妳還好吧？」

很典型的離島漁婦。她的頭上冒著汗珠，不過她仍然用很大的聲量告訴我：

「現在還好。不過過一陣子又會痛起來。」

看來像是產痛。並不需要任何緊急的處理，只要把她立刻轉送到島上的海軍八一一區域醫院應該就可以了。

我可以感覺到攝影機一直在轉動。我們合力把產婦搬上擔架，沿著燈光的路線跑回來，一切都非常優雅。

當我跑回來時，攝影機停下來。所有的弟兄對我報予熱烈的掌聲，好像看完一場精采的勞軍公演或演唱會似地。

「等一下，」中校摸著他的下巴，「總覺得有什麼地方不對勁，說不上來。」

他走過來，又走過去，忽然想通了。

「啊！救護車。」

「救護車哪裡去了？」這時指揮官也突然會悟過來。

「報告指揮官，救護車拋錨了。」飛安官跑過去向他報告。

「駕駛兵！」我看到指揮官氣脹了臉，「你搞什麼鬼？給我出這種狀況，你他媽的不要命了是不是？你看我有沒有辦法辦你？」

我的駕駛兵立正站在那裡，看得出來全身發抖。

「病人情況還可以嗎？」中校走過來問我。

我對他點點頭。又看他走過去和指揮官咬耳朵。

等他們咬完耳朵，中校面帶微笑地走過來，對著病人說：

「實在很不好意思。我們剛剛畫面拍得不好，如果妳不介意的話，我們希望能重拍一遍，但是一定要經過妳同意……」

同時我聽見指揮官向消防車下令：

「去把救護車拖過來。」

我看見消防車奔向救護車，在救護車前面綁上了一條粗麻繩，不久救護車在麻繩的牽引下，果然動了起來。

6

在畫面上，救護車跑得快極了。當然，誰也沒有看到拉著它的那條麻繩。

國軍部隊又以其精良的訓練、迅速的運送與精湛的醫技，成功地完成了救援的任務。

看著畫面上的自己，我總算明白那個中校一直問有沒有好看點的醫官那份苦心。

「國軍的主要任務就是要保衛人民，保障人民的財產與安全。平時，我們要做好敦親睦鄰與愛民的工作，以充分發揮軍愛民，民敬軍，軍民一條心……」

畫面上接著是指揮官接受訪問的片段。

出乎意料地，這條新聞竟是當天的頭條。許多部會首長參觀地方建設、主持運動會開幕、接見外賓這些新聞都排在指揮官畫面之後。

我們像打了一場勝仗一樣地歡呼起來。

很快地，來自四面八方不同單位的電話響個不停。

「恭喜！哇，你們醫務所紅透半邊天了。」

「醫官，你的榮譽假放不完了。」

不久，指揮官的傳令兵也搬來了一打啤酒。

「總部來電嘉勉指揮官，指揮官很高興，要我搬這一打酒來嘉勉你們，給你們加菜。」

我們像過嘉年華會一樣，很快就把一打啤酒喝光了。

駕駛兵喝得一、二分醉意，他一掃今日的陰霾，大嚷著：

「沒酒了，我再去買一打！」

他掏出鑰匙，下意識走出去發動救護車。一發動，竟然著火了。

「他媽的，竟然發動了！」

老實說我們都被救護車嚇了一跳。

7

「你怎麼不跟他們一起去喝酒？」我問我的醫務兵。

「明天總部要來了，我還有一堆資料沒寫，哪有時間去喝酒？」

他從一堆資料裡抬起頭，看了我一眼。

「你在寫什麼？」我問。

「今天的事啊，新聞那麼大，明天總部來一定要看報告的。」
充—分—地—顯—示—出—軍—愛—民—民—敬—軍—軍—民—一—條—心—的—團—結—精—神……他一字一句地寫著。
「對了，醫官，你可不可以幫我問看看生了沒有？到底是生男的還是女的？」
「問這個幹嘛？」
「沒什麼好寫，寫寫這個也不錯。」
照說也應該生了。我撥通了電話，接上今天與我交班的醫官。
「我是機場的醫官，我想知道今天送過去的病人生產了沒？」
「病人才三十四週，生什麼生？」
「今天不是有產痛嗎？」我問。
「你說那個哦，」他停了一下，「我們照過X光片，腸子堆積了一些糞便，應該是便秘。」

便秘？我怔了一下。

「醫官，到底是男是女？」

「是男是女你就不用寫了。」掛上電話，我忽然覺得好笑。

叭——叭——叭——救護車的喇叭。

「快點，醫官。我們要去慶祝了。」他們在救護車上大叫。

「你確定不去？」

「我再寫完政戰教育，還有成效，就好了。」他回答。

「哎喲，我們根本沒空問她，她那麼痛，你還有時間做政戰教育，這種報告誰相信？」又要捏造事實。

「沒辦法，這是規定。」

「然後她接受了你的教育，居然還有成效？」我睜大了眼睛。

「當然，她受了我們英勇行為的感召，自然會說出一些內心的話，那就是我們的成果……」

「你退伍以後可以去寫小說了！」我告訴他。

「難道你不覺得這一切都很圓滿，大家都很高興嗎？」醫務兵回過頭來問我。

叭——叭——叭。救護車上傳來的聲音。

「快點啦！」

我笑了笑。不曉得為什麼，我忽然想起我的長官告誡我的話：

「再滑稽的事都有它嚴肅的一面。」

「到底要讓她說什麼呢？」他不斷地搔著腦袋，「哎，管他的。」

然後我看見我的醫務兵終於寫完了他報告千篇一律的最後一行。

「李——總——統——很——英——明。」

十 狗與蝴蝶

除了陽光、藍天、晴空、海洋、美麗的女郎以外，夏天的澎湖還有一些別的。像是綠色的草原，滿地開橙花的天人菊。花開得最繁茂的季節也就是蝴蝶最忙碌的時刻。

故事是這樣開始的。有一隻頑皮的狗，不知怎地和蝴蝶發生了衝突，追逐了起來。牠追逐得完全忘了自己的存在，穿越過鐵絲網，闖進飛機場。不但如此，小狗竟然追上了跑道……

I

那時是黃昏。

我趕到跑道時，代替夜航跑道燈的煤油燈已經在跑道兩列排開了。

炯炯的焰火在澎湖開闊的地面上顯得十分壯觀。

「什麼事？」我問正在一旁除草的消防兵阿健。

「ＦＯＤ。」

「ＦＯＤ？」我問。

「可好玩了，」他赤裸著上身，全身是汗水，「有隻狗跑到跑道上去了。現在機場封閉，飛機下不來，全在上空盤旋。」

ＦＯＤ（Foreign object damage），指的是外來物吸入傷害。通常噴射引擎飛機很容易吸入一些外來物，包括石頭、鳥類、動物等等。而這些都會對飛航安全造成莫大的危害。

「狗怎麼會跑進來？」

「牠從北跑道那邊的鐵絲網破洞進來的，」他指著北跑道的方向，「這不稀奇，上個月還有牛跑進來吃草，怎麼趕都趕不動，最後拜託牛的主人來牽走才解決。」

我瞇著眼睛，沿著北跑道的方向看去，遠遠地看到有一群人，東竄西竄。還有幾輛吉普車穿梭其間。他們一會兒跑過來，一會兒又跑過去，像在做什麼遊戲似地。

顯然他們抓不到那隻狗。

「你想他們能不能抓到那隻狗？」我可有一點幸災樂禍的心情了。

「我保證那隻狗完蛋了，晚上他們一定把牠煮了當香肉火鍋。」

「你要打賭一百元嗎？」我問。

「一百元？」阿健很有自信地笑了笑，「我賭兩百元他們一定抓到那條狗。」

正說著，救護車上的無線電傳來塔台的呼叫：

「所有場面人員請注意，所有場面人員請注意，立刻全面進入緊急狀態，所有人員立即就緊急位置，OVER。所有場面人員請注意……」

事情似乎比我們想像的還要嚴重，那隻狗也厲害得出乎我們意料。不久，所有有關的車輛、裝備都出動了。

我看見 T-33 消防車拉出了它的大水管，開動馬達，瞄準小狗，噴出巨無霸的水柱，試圖強行驅離小狗。可惜消防車太笨重了，小狗在水柱裡鑽進來又鑽出去，弄得全身濕漉漉的。

小狗全身上下抖了抖，一下就把水滴抖光了。牠在機場發現比蝴蝶更有趣的事物。牠很得意地對著向牠噴水的阿兵哥叫了起來。

2

現在小狗玩得正開心。而我們的指揮官卻已經暴跳如雷了。

「搞什麼鬼？一個部隊搞不過一隻狗？」

他手上拿著無線電，每哇啦哇啦和塔台連繫過一次，他就愈發生氣。嘩啦啦，又有兩個人撲上去抓那條狗，正好撲個空，像隻被踩扁的青蛙，趴在被消防車噴一地濕答答的跑道上。

「現在外場一共有八架飛機在上空盤旋，每多耗十分鐘，就要飛掉四十萬塊錢燃料。」

指揮官死死地看著飛安官、地安官。

「報告指揮官，」地安官顯得忐忑不安，「如果是石頭、障礙物、鳥都還好，可是狗……這應該是屬於環境衛生的部分，是不是請醫官想想辦法？」

「我又不是獸醫。」忽然我也有份，一下子看熱鬧的心情全沒了。

「我是說，狗是屬於生物，論專長……專長上你最接近。」

「如果照你這樣說，那保防官也有份，他沒有做好保防工作，讓那隻狗知道我們鐵絲網有一個破洞，這麼重大的軍事機密……」

「我？」保防官睜大了眼睛。

哇啦啦，塔台又給指揮官無線電通報。看著指揮官拿著無線電機貼在耳朵上，他那張歷經滄桑的臉愈來愈皺……

接完電話以後指揮官很冷靜地說：

「醫官，你去想想辦法。」

「我？」

指揮官點點頭，「保防官一起去。」

我們可愣住了。

「我不管那是什麼辦法，」眼看指揮官就要跳起來了，「現在總部都在關心了，十二架飛機為了一隻狗在外場窮飛，你看我怎麼去跟上面交代？十分鐘六十萬元。再耗下去，我一年的薪水就報銷了！」

3

夏天的澎湖夜色。雲比平時還要低。沒有月色，也看不到星星，不過機場上空有不少閃動著飛行燈的飛機在盤旋。瞇著眼睛看，漂亮極了。像是童話故事裡面許多彩色的星星，亮晶晶地閃爍著。

保防官和我手上各拿著改良型的捕狗器——一支長竹竿，尾端接著像牛仔圈牛用的活動鐵絲圈。

那是很普通的一隻狗，黑白相間的花色。透過淡淡的夜色，我可以看見小狗的明亮眼睛，牠站在我們正前方十公尺左右的距離，慧黠地搖著尾巴。

「來，乖乖……」

我們每前進一公尺，小狗就後退一公尺，站在一定的距離對我們搖著尾巴。現在蝴蝶早已經不見了。不過我相信牠又找到了新的樂趣。我敢打賭，如果牠不是狗，牠一定正發出惡作劇之後得意的笑容。

現在所有的裝備車都過來了。巨大的燈光，舞台燈似地把我們照得通亮。

我和保防官，兩個荒謬劇的舞台劇演員，拿著怪異的活動圈，躡手躡腳地分別從兩面包抄。

「汪！」每次都是小狗先知道了我們的企圖。

「衝！——」然後我們兩個人就是一陣瘋狂大追逐，然後是場面上的人不斷地鼓譟。

直到我們兩個人筋疲力竭地坐在地上喘氣，小狗還是得意地搖著尾巴。場面上吹起了涼風。兩排煤油燈燒得正旺盛。我忽然想起杜牧的一首詩：

銀燭秋光冷畫屏，輕羅小扇撲流螢，

天階夜色涼如水，坐看牽牛織女星。

如果是舞台劇，這樣形容我們的處境一定是再好不過了。

「你想什麼？」保防官把我拉回現實。

「沒事，沒事，」我想起西部牛仔騎著馬，一邊晃動活套繩圈牛的英姿，「也許我們應該坐上吉普車去追，看牠還跑到哪裡去？」

我的想法很快得到響應。不久，駕駛兵開著吉普車，我們從吉普車兩端各伸出我們的牛仔繩套，邊追逐小狗，邊拍打嘴巴發出紅番的叫聲：

「嗚—嗚—嗚—嗚—嗚—嗚—。」

我們很快追出了巨燈的照明範圍，小狗愈跑愈快，我們也愈追愈近。眼看我們的繩套就要套上了牠的脖子。

忽然前面出現跑道旁的值班室！！

小狗一個急轉彎，我們立刻緊急煞車，差點人沒有飛出去。

等我們灰頭土臉從吉普車走出來，小狗就站在十公尺外的地方，喘著氣，快樂地搖著尾巴。

我彷彿已經聽見了牠的笑聲。

4

目前小狗的行情愈來愈好，已經到了一比三的賭注。

「為什麼不用槍？」

「笨，狗在場面上，你拿槍去打，存心要破壞跑道是不是？」

「那你們怎麼相信狗一定會被抓到？」下注狗的人問。

「我們對國軍有信心。」這是下注國軍的人的回答，「狗一定完蛋的啦！」

「你看，上面的飛機已經盤旋了快二十分鐘，再下去油都飛光了。小狗只要再撐個十分鐘，牠就贏定了。那些飛機一定會被迫轉降到嘉義、台南機場的。」

「不過這樣指揮官就完蛋了！」

阿健很專業地拿著小筆記簿，一個一個去登記：

「快點啦，快點，狗還是國軍？現在行情是一百賠三百二十五元。快點，不是常常有狗跑到機場來，機會難得。」

「阿健，」我苦笑，「我發現你真的很無聊。」

「醫官！」他忽然變得正經八百，「我已經在這個鳥不生蛋的地方待了兩年三個月零六天。還要待八個月又二十四天。難道你真的覺得很有趣嗎？」

耳語不斷。有人說指揮官已經懸賞一千元給抓到狗的人。數目還在不斷地增加。最後我還離譜地聽到懸賞一萬元，加菜香肉火鍋一鍋，啤酒一打，放榮譽假一個禮拜。

「太少了吧！你看六十萬減一萬還找五十九萬！」有人貪得無厭地表示。

忽然哇啦啦又傳來塔台的無線電。

「什麼事？」

接收無線電的通訊兵拿下他的耳機。

「指揮官通令所有單位，除值勤以外人員，各單位都派人到場面上來協助清除障礙。在狀況沒有消除之前，管制所有人員，一律不准下班。」

5

繼漢光演習之後，這是我所看過最浩大的場面。

當時的假想敵是入侵的敵機。這回則是入侵的小狗。

車輛載著人員從四面八方過來。

「所有人員圍成圓圈，形成包圍人牆，慢慢縮小包圍圈，一定要快點抓到那隻小狗。」

各單位的人各自集合自己的人員，展開訓話及任務分配。

我聽見基地中隊隊長對他的人馬說：

「今天狀況非比尋常，視同作戰。換句話，那不只是一條狗而已。相反地，那是我們最主要的敵人，同時也是我們作戰的目標！

「為了提高士氣，隊長我特別再捐出一千元給完成任務的弟兄。我們一定要努力爭取團隊的榮譽，千萬別讓其他單位搶在我們的前面完成任務，懂嗎？」

「懂！」

我可以想像「天安門事件」、「南京大屠殺」為什麼可以發生。在一個準備作戰的部隊前面，就像電腦一樣，只有完成任務是唯一指令。至於任務到底是什麼，或者重不重要，有沒有意義，那都是無關緊要的。

漸漸，場面上的包圍圈已經形成。來自不同單位的弟兄們手牽著手，逐漸縮小包圍圈。

我敢打賭，如果有人從空中鳥瞰這個坐落在台灣海峽上的美麗島嶼，熊熊的烈火，手牽著手圍成圓圈的人們，他一定認為是當地土著正舉行著某種慶祝儀式或是祭典。

「抓住牠！」

「爛狗！」

「我的一千元，我的寶貝，別走開。」

包圍圈愈來愈小，不斷地有人發出叫罵聲來。

氣氛愈來愈劍拔弩張，我已經開始不喜歡了。從一隻追逐蝴蝶的狗開始，到目前為止每下愈況。

小狗本來還得意地搖著尾巴。可是隨著情勢轉移，牠似乎也看出了所有人的敵意，漸漸停止了搖動。

「汪！汪！」這樣不好，牠抗議。

可是沒有人管牠。包圍圈愈來愈小。

等到圈子已經小得不能再小，這一切忽然變得混亂起來。一群人亂七八糟地追著狗，前仆後繼有人撲空。

「抓到了！看你往哪裡跑！」

混亂中看不清楚誰抓住了狗。只聽見狗哀嚎的聲音。

「唉—唉—唉—唉—」

「啊！……」緊接著是人慘叫的聲音，「狗咬人！」

我看見那隻狗又從人群中掙脫了出來。

6

等到我看見陸軍警衛部隊真槍實彈出動，我知道這一切都已經沒有轉圜的餘地了。

「不要破壞跑道。」

「我們會把牠趕到跑道外面，再射擊的。」警衛連連長向指揮官報告。

他們幾個狙擊手很快就定位，只等那隻狗離開跑道。

無聊的小狗看到人群都撤離，又搖起了尾巴。牠不甘寂寞，自己留在跑道，跟隨著人群，也要去湊熱鬧。

不要！我在心中喊著。

「轟！砰，砰。」

包括步槍、霰彈槍有好幾聲的槍聲同時響起。

小狗應聲倒了下來。

小狗躺在救護車裡面，已經滿身是血了。我用紗布壓住流血的地方。

「醫官，你手腳真快，」醫務兵興奮地過來幫忙，「我不知道你喜歡吃狗肉！」

從救護車的窗口望出去，場面上十幾架飛機，一架接著一架降落了下來，像一隻一隻龐然的大怪獸。

救護車在滑行道上奔馳，看著奄奄一息的小狗，我忽然覺得像是那一隻一隻龐然的怪獸正吞噬掉這一隻可愛頑皮的小狗。

風吹過我的臉，帶著海水的氣味。

如果只是為了這些現代科技怪獸，我們可以義無反顧地消滅追逐蝴蝶的小狗，那麼遲早有一天，這些美麗的山水、海水的氣味、淡藍色的夜空、滿地開花的天人菊都會消失的。

「準備點滴、優碘、無菌包、器械！」

「什麼？」醫務兵睜大眼睛。

我再重複了一遍。

「你要手術？」這次他總算懂了。

7

我一共在小狗身上取出三顆子彈。還好陸軍的狙擊手不是每個人都像電影演的那麼厲害。

整個冬天，小狗身上都纏著紗布。

到了春天，除了左後腿還有一點微恙外，牠已經幾乎完全恢復。整天守在醫務所的門口，我一出醫務所，走到哪裡牠就跟到哪裡。

大家都叫牠「小馬哥」。

小馬哥是電影《英雄本色》裡面周潤發演的那個大英雄。為了義氣、感情，歷經百戰，全身都是子彈。

夏天的時候，澎湖開起天人菊，蝴蝶又來了。

小馬哥早忘記去年的事了。

「小心飛機！」

牠看不懂那塊可笑的交通號誌，瘸著一隻腿，又自由自在地追起蝴蝶來了。

政治大作戰

事情是這樣的。有一份總部來的公文通知我們，總部要派員來考察政治作戰教育實施，以及捐血辦理績效。這些例行性公事倒也不特別，問題是公文來到澎湖，已經晚了。不知怎麼回事，等我們收到時，距總部來抽查只剩下一天的時間可以準備了。

「報告主任，捐血辦理沒什麼問題，我現在就立刻到各單位去宣布。」我向愁眉苦臉的政戰主任報告。

「可是明天總部的人就要來抽查政戰教育實施績效。」他看著那本厚達三百六十六頁的《先總統　蔣公的哲學思想》，「我們拿什麼給人家看？」

「總部也真是的，這麼一大本書，一天怎麼準備？」事不關己，沒事我也幫幫腔，替別人抱怨抱怨。反正有病治病，無病強身。

「所以我找你來。」

「我？」我的臉一下子沉了下來，一點都不好玩，「我？可是……報告主任，我是醫官。這不屬我的業務範圍。」

「任何人都負有政治作戰的責任，這個跟醫官不醫官沒有什麼關係！」

「可是這不是我的專長。」

「你當初聯考考那麼好，才能進入醫學院。考試如果不是你的專長，那什麼是你的專長呢？」

「不行，這不可能。」

「軍人為了國家，命都可以不要了，哪有什麼任務是不可能的呢？」

「天啊，這種重要公文怎麼可以延遲呢？」

「難道明天總部的人來了，我去告訴他們：公文來得太慢。還沒有準備好，請他們回去嗎？」他把嘴巴附到我的耳旁，「再說，這種政治作戰教育，本來就是平時要實施的，就好像備戰一樣，明白嗎？」

「報告主任，明白。」我不斷沉痛地點頭。

「還有什麼問題嗎？」

「報告主任，我個人死生事小。可是我們怎麼讓整個部隊的人在一夜之間全都熟讀　蔣公的哲學思想呢？」

「沒有人說要整個部隊的人都熟讀　蔣公的哲學思想啊！　蔣公的哲學思想仰之彌高，鑽之彌深，哪是這麼容易就懂了呢？」他拍拍那本厚重的教材，「明天我們給部隊的士兵做政治作戰考試，總部的人來看我們的績效，所以我們要把績效拿出來，懂嗎？就是這麼簡單。總部要打仗，我們就去打，他要看績效，我們就拿績效給他看。」

「績效？」我一邊推敲，一邊覺得我好像明白了長官的話，可是又覺得好像什麼都不明白。政戰主任在一百二十八頁的地方用紅筆圈出一大段，把書丟給我。

「你先準備好四十題問答題，不要超出這個範圍。」

「那才只有三、四百個字不到！」我抗議。

「那是你的問題。」

「可是總部的長官不一定會問我們準備的題目。」

政戰主任白了我一眼。「難道你還叫長官自己準備題目嗎？」

政戰主任背著手，在辦公室踱來踱去，沉思什麼似地。過了不久，他對我說：

「去，去，你去辦這件事。順便宣布明天都參加抽測。應試人員名單晚上報上來，都集合在指揮部，你給他們惡補。不願意參加的人去捐血。」

2

蔣總統引懷黑德的見解。與 國父的心物合一論相比。他說：「我們 總理的民生哲學思想，乃是不偏於唯心，而亦不偏於唯物，以民生為歷史進化的重心，可說是綜合心與物二者的最高理想，這與近代哲學界『中立一元論』完全相合。近代哲學自懷黑德教授批評『自然二分法』的錯誤以來，產生『心物合一』的理論，其大意謂物質不能離心靈，對象不能離開思維。換言之，就是心與物二者並無嚴格劃分的界限，既無所謂物，亦無所謂心，一切惟事而已。這裡所謂事，就是人類憑其精神知覺，體察自然，運用物質各項生活之總稱，也就是心與物的綜合。」（見總理知難行易學說與王陽明知行合一哲學之綜合研究）實在論者（唯物論）重視外界客觀自然（物質），觀念論者（唯心論）重視內界主觀知覺，這裡總統所謂物質不能離開心靈，對象（自然）不能離開思維，與唯物論及唯心論者的看法剛好相反，是一種心物合一論，內外合一論或稱主客合一論……

我仔細把第一百二十八頁這一段文字算了算，約有四百個字。現在要從這四百個字裡面找出四十題問答題，平均十個字就要想出一個問題。

蔣總統引懷黑德的見解，與　國父的心物合一論相比。他說……

光是這幾個字，就要出三題問答題，看來事情比想像還要困難。我想了半天，終於寫下第一題：

「先總統　蔣公曾引述懷黑德的見解，說明　國父的心物合一論，請試述之。」

寫完第一題之後，我陷入苦思。

老實說，我開始有一點佩服先總統　蔣公了。能說出那麼難背的話出來。為了用科學的精神解決問題，我把第一個問題用代號拆解如下：

「W曾引述X，說明Y的Z論，請試述之。」

看到代數，我的興致全來了。我可以作個簡單的排列組合。

「試就心物合一論（Z），說明　蔣公（W）與懷黑德思想（X）之相關性。」

我對這個題目感到很滿意。彷彿在腦海裡亮起了一個燈泡似地，馬上，我就知道該怎麼辦了：

「試述懷黑德思想與　國父心物合一論之異同。」

「說明先總統　蔣公對　國父思想中心物合一之見解。」

「為什麼先總統　蔣公的心物合一思想是匯合了中西思潮的精華，請說明之。」

「古今中外，曾經有哪三位偉大的思想家，對心物合一達成了一致的共識，請說明之。」

「為什麼心物合一論，不得不為最好、最適合國民革命軍的哲學思想？」

「先總統　蔣公參加革命，推翻滿清，成立民國，領導北伐、抗日，所持的是怎樣的哲學思想？為什麼這樣的哲學思想是最好的思想？」

……

很快，我就洋洋灑灑出滿了四十個題目。為了不使題目看起來太過相似，我把題目打散，重新抄寫了一份。不久，這一份令每個人看起來都很滿意的試題終於出爐了。

3

看來真是苛政猛於虎。所有的士兵都寧可捐血，沒有人願意參加政治作戰抽考。指揮部不得不重新下達命令，所有大專以上程度的人員一律參加考試。

「為什麼寧可抽血，不願意考試呢？」我好奇地問。

「捐血只要痛一下，還可以救人。背書緊張得一個晚上睡不著，隔天成績不好還會被記過，禁止休假。沒完沒了……」

「可是你們都大專以上程度，這是你們的榮譽，沒有辦法。」

「醫官，我們不要榮譽可不可以？你看，就是因為太笨了，所以預官考不上。我們這麼爛的人，不需要什麼榮譽。」

然後每個人開始告訴我許多故事，以證明他真的有多笨。情況之踴躍，實在超乎想像。

等到來惡補的人員看過我發下去的四十個題目以後，情況更糟糕了。

「報告醫官，可不可以和政戰主任打個商量。別人捐血二百五十CC，我們是大專以上程度，捐五百CC，不要考試。好不好？」

面對他們的問題，實在無可奈何。我轉身面對黑板，用粉筆寫著：

教材第一百二十八頁，從蔣總統引懷黑德的見解起……到內外合一論或稱主客合一論為止抄寫十遍。

「報告醫官，我又不是小學生……」

「廢話少說，這是命令！」

一時之間，教室安靜了下來。到處是沙沙沙寫字的聲音。我就在一張一張桌椅之間踱過來又踱過去。

從窗外望過去，可以看見澎湖的月色。是個很平靜的夜。明天一定是很好的天氣。我得安排視察官到澎湖旅遊行程，順便安排晚宴，以便他提早結束考核，展開參觀行程，並能帶著愉快的心情回台灣報告。

「報告醫官，寫完十遍了。」過了不知多久。

我看了看錶，差不多過了一個多小時。

「都寫完了嗎？」

「寫完了。」

「能不能背出來？」

「都可以倒背了。」

好，我決定來試一試我訓練的成果。

「試述　蔣公對於心物合一論之認識與見解？」我問。

「嗯……這個嘛，民生的哲學思想，是……不偏於唯心……而亦……亦……」

「你們不是都已經抄過了嗎？」

「嗯，你是說剛剛寫的那個，不早說，」這個阿兵哥恍然大悟，「蔣總統引懷黑德的見解，與　國父的心物合一論相比。他說：『我們　總理的民生哲學思想，乃是不偏於唯心，而亦不偏於唯物，以民生為歷史進化的重心，可說是綜合心與物二者的最高理想，這與近代哲學界「中立一元論」完全相合。近代哲學自懷黑德教授批評「自然二分法」的錯誤以來，產生「心物合一」的理論，其大意謂物質不能離心靈，對象不能離開思維。換言之，就是心與物二者並無嚴格劃分的界限，既無所謂物，亦無所謂心，一切惟事而已……』」

台下響起了一陣掌聲。我再叫起另外一人。

「試以近代哲學的觀點，闡述『自然二分法』的錯誤？」

「蔣總統引懷黑德的見解，與　國父的心物合一論相比。他說：『我們　總理的民生哲學思想，乃是不偏於唯心，而亦不偏於唯物，以民生為歷史進化的重心，可說是綜合心與物二者的最高理想，這與近代哲學界「中立一元論」完全相合……』」

「很好，」顯然他們很明白我的苦心，我再叫起一個人，「請說明總理民生哲學的最高理想？」

「蔣總統曾引懷黑德的見解，與　國父的心物合一論相比。他說：『我們　總理的民生哲學思想，乃是不偏於唯心，而亦不偏於唯物，以民生為歷史進化的重心，可說是綜合心與物二者的最高理想……』」

4

果然是個晴朗的日子。海平面遠遠地懸掛著，一眼望過去是動人的藍色。

「柯老，」政戰主任必恭必敬地鞠躬行禮，「不曉得給您安排的地方還滿意嗎？」

雖然來視察的科長也掛上校階，可是他看起來比政戰主任老得多，威嚴也大很多。他沒怎麼在意主任的話，一口痰卡在喉嚨裡，咳，咳，咳——咳了半天，總算咳了出來。

我一個閃身，手上的痰盂差點沒接著那口痰。

本來那個痰盂是由一個上尉軍官捧著的，現在我是最小官階，所以變成我的差事。

「柯老，您別看這個地方，去年總司令來也是住這個地方。本來這裡只住司令級以上的將軍，您看，您來了，特別去情商。」

「唉，別提總司令了。從前在學校他才高我兩班，有一次桌球比賽還被我修理，你看，現在坐直升機，咳！咳！……」

我緊張地捧著痰盂，像個內野守備一樣，準備接殺他的一口痰。

「嚇！」痰吐出來。我終於還是漏接了。

回過頭，看見主任瞪了我一眼。

「柯老，別這麼說，艾森豪幹上校，一幹十三年，最後他還不是總統。」主任提著大包小包的行李，跟在後頭，「我跟您介紹，這是醫官，從教學醫院訓練出來的，年輕有為，您氣管不太好，這兩天我特別讓他跟著你。」

「科長好。」我捧著痰盂，無法行軍禮，只得深深一鞠躬。

「呵，呵，很周到，很周到。」科長聽起來像是在笑，可是臉上全無表情。

主任把行李打點好之後，又跑回吉普車上，拿著大包小包。

「科長，指揮官今天有事，不能親自前來，特別交代我買了一些土產。不成敬意，請千萬不要嫌棄。」

「土產？」科長看了看，「賄賂我可不成喲。」

「沒的事，只是一些海鮮類，澎湖人好客嘛，哪賄賂得動您？」

「咳，咳，咳……」我拿著痰盂，又緊張了起來。瞄準了半天，眼看他把那口痰又吞了進去。「沒有就好，就好，我這個人最公正了。」

「您記得王副參謀長嗎？」

「副參謀長是我過去的長官。」柯科長表示。

「我從前也當過他的侍從官。」主任笑嘻嘻地說，「他知道您要來，還特別打電話來關照，要我好好招待您。」

「好說，好說。」

「還有澎防部副司令官，也是您的同期吧。他特別答應當陪客，晚上小弟我作東，請一定要賞光，賞光。」

「那怎麼敢當？」

「哎呀，應該的，這麼說就見外了。」主任表示，「科長是不是休息一下，我們就開始視察。」

「不用休息，不用休息。」

「哎呀，真是教人佩服。」主任不斷地作揖，「有件事想跟科長報告。」

「什麼事？」

「下午我們安排了參觀的行程，想請科長到澎湖走走。」

「不麻煩，不麻煩。」說著科長激動地咳了一口痰，被我接個正著。

「時間上我們可能稍微要控制一下，」主任從口袋掏出那張抄寫精美的題庫，「為了進行順利，我們準備了一些題目，共有四十題，範圍很廣泛，請科長指教，不曉得合用不合用？」

「呵，呵，內容很深入。很周到，很周到。」

5

「為什麼心物合一論，不得不為最好、最適合國民革命軍的哲學思想？」

「蔣總統引懷黑德的見解，與　國父的心物合一論相比。他說：『我們　總理的民生哲學思想，乃是不偏於唯心，而亦不偏於唯物，以民生為歷史進化的重心，可說是綜合心與物二者的最高理想，這與近代哲學界「中立一元論」完全相合……』」

發問的是張少校，他坐在教室講台正中央，士兵們坐在台下，被抽中的人則起立回答問題。場面相當嚴肅，像是古代的公堂或是會審之類的盛況。

「為什麼先總統　蔣公的心物合一思想是匯合了中西思潮的精華，請說明之。」

「蔣總統引懷黑德的見解，與　國父的心物合一論相比。他說：『我們　總理的民生哲學思想，乃是不偏於唯心，而亦不偏於唯物，以民生為歷史進化的重心，……』」

柯科長坐在角落不起眼的地方，喝著我們提供的一大杯濃茶，以及看著當天的報紙。偶爾他會抬起頭來，聽見流利的背誦，讚許似地點點頭，咳咳咳地吐一口痰。而我捧著痰盂，也漸漸習慣他的球路。一切都進行得相當順利。

就在我陶醉在這一片昇平的景象中時，我的醫務兵跑來附在我的耳邊說：

「醫官，視察官的旅遊車輛恐怕會有問題。」

「有問題？」我差點沒把痰盂掉到地上去。

「下午澎防部臨時有演習，正式車輛都被徵召去支援了。」

「難道一部車輛都弄不出來嗎？」

「總不能叫視察官坐消防車去旅遊吧？」醫務兵表示。

「我不管那是什麼車，趕快去給我弄一輛過來！找不到車輛，我跟你翻臉，我死定了，你也不會有好日子過的。」

咳，咳，咳……我趕緊捧著痰盂，又接殺了一口痰。生氣的臉立刻換成笑盈盈的臉，只差沒翹起拇指，大叫：「好準！」

現在科長看完了他的報紙，也喝完了茶，開始有心情聽聽抽測了。

「蔣總統引懷黑德的見解，與 國父的心物合一論相比。他說：『我們 總理的民生哲學思想，乃是不偏於唯心，而亦不偏於唯物，以民生為歷史進化的重心，……』」

剛開始他還聽得滿得意的，漸漸，我相信他也覺得有些不對勁。他先是用右手托著下頷，接著換成左手，然後是兩手托著下頷。

「等一下。」科長終於站了起來。他把我叫去，「我們讀書要吸收，最好有自己的意思，對不對？我出去上個廁所，你們溝通溝通。」

6

「你們一定要背得那麼拉風嗎？幹嘛？耍帥啊？這樣像是苦讀出來的嗎？拜託你們逼真一點好不好，中華民國國軍的水準沒有那麼高，又不是博士班，研究所。你們可不可以稍微慢一點，然後略微支吾一下，啊，嗯，這個嘛，好像是……會不會？人性化一點，想一下，沉思一下，蔣公思想哪是那麼容易就懂，那還當什麼我們的領袖呢？」

「可是什麼叫做有自己的意思？軍人本來就是要服從，沒有自己的意思。」

我愈聽愈火大，嘰哩呱啦就是一頓訓話：

「現在命令你有，你就要有。這就是服從。『蔣總統引懷黑德的見解，與 國父的心物合一論相……』你不一定要背得這麼死板嘛，你可以說，　蔣公精通古今之事故，深明中外哲理。他對於懷黑德更是有獨到之研究。他把　國父孫中山先生救國救世的心物合一論與西哲懷黑德的見解比較之下，發現不但不遜於他，同時還有更獨特的看法……」

不知道什麼時候，科長已經從廁所回來了。少校就跟在他的後頭。

「溝通得怎麼樣？可以繼續了嗎？」

「可以，可以。」我笑了笑。我發現我滿手已經開始冒汗了。

下一位。

「試述近代哲學界『中立一元論』？」

「『中立一元論』就是，嗯，啊，是　蔣公，蔣公，和　國父……」

情況很糟糕，只要用自己的話就說不清楚。看來我得給一點提示：

「還有誰啊？比較什麼論啊？」

被我一提示，阿兵哥更緊張了。

「蔣公和　國父怎麼了？」

「一起研究。」

「研究什麼？」愈說愈不像話。

「研究……懷黑德論。」

台下響起了一陣爆笑。我可以感覺到汗水沿著我的額頭滑了下來。

下一位。

「先總統　蔣公參加革命，推翻滿清，成立民國，領導北伐、抗日，所持的是怎樣的哲學思想？為什麼這樣的哲學思想是最好的思想？」科長看了看題庫，從其中選出一題。

經過上一位士兵的事件之後，這位阿兵哥決定無論如何，把他那一套拿來背一次。士可殺，不可辱。打死他也不肯說出自己的意思。

「蔣總統引懷黑德的見解，與　國父的心物合一論相比。他說：『我們總理的民生哲學思想，乃是不偏於唯心，而亦不偏於唯物，以民生為歷史進化的重心，可說是綜合心與物二者的最高理想，這與近代哲學界『中立一元論』完全相合⋯⋯』」

「不，不，我說過，要有自己的意思，」科長顯得很不滿意，「你再重來一遍⋯⋯」

「蔣總統引懷黑德的見解，與 國父的心物合一論相比。他說：『我們 總理的民生哲學思想，乃是不偏於唯心，而亦不偏於唯物，以民生為歷史進化的重心，可說是綜合心與物二者的最高理想，這與近代哲學界『中立一元論』完全相合⋯⋯』」

「咳，咳，咳⋯⋯」看得出來科長已經激動得快控制不住了，「醫官，把教材拿來！」

科長接過了教材，翻開了其中一頁，他問：

「那你告訴我，在教材中第一百九十頁中， 蔣公對舊社會的缺失曾舉出哪十點？又提出了哪十二點改進的方法？」

這個問題一出來，全場鴉雀無聲。問題不在四十題題庫中！

我看見政戰主任鐵青著臉色，清清楚楚地感覺到汗水流過我的背脊。完蛋了，搞砸了。

全場沉浸在尷尬的沉默中。

不久，奇蹟似地，我聽到堅定而有力的回答，彷彿從天上傳來的天籟：

「輕忽時間，不重數字，不知奮勉向上，消極頹唐，不分本末不求重點，消耗浪費，反科學，反組織，反紀律，因循苟且推諉塞責。針對上述病症， 蔣公開出十二劑良方：要重視時間，要重視數字，要競賽向上，要徹底務實，要有本末先後，要有重點中心，要有創造發明，要戒除浪費，要負責服從，要根據科學，要注重組織，要重視紀律。」

那聲音流利而沉穩，快得我幾乎沒看見他張開過嘴巴。

全場響起歡聲雷動的掌聲和歡呼聲。

「很好，很好，」科長拋開書本，「我就說你應該用自己的話語，你看，你說得很好……」

7

「蔣總統引用懷黑德的見解，和　國父的心物合一論相比。事實上，國父的民生哲學思想，不是唯心論，也不是唯物論，說穿了，是綜合兩家的學說，以民生為歷史進化的重心，也就是近代哲學界的『中立一元論』……」站在台上口沫橫飛的是科長。聽了三、四十遍，我發現科長現在也會這一套了，並用來作為結論。人的學習能力真是奧妙。

走出教室，真是一個風和日麗的好天氣。美麗的澎湖群島正等著我們。有人跑過來對我耳語：「醫官，今天所有人都跑去捐血，據說破了歷年來的紀錄，指揮官很高興，準備要給你嘉獎，說您督導捐血業務有功。」

嘉獎？我愣了一下。

「醫務兵！專車呢？」看見科長走過來，我趕忙大叫。

醫務兵跑了過來。指著救護車。

「救護車？」

「救護車好，方便安全，又不用等紅燈，」科長被扶著上救護車，一邊滿意地說，「周到，周到咳，咳，咳……」

我抓住了剛才回答最後一題的那個小兵，問他：

「你剛剛怎麼會最後那一題的？」

「我不會。」

「那怎麼答得出來？」

「我沒有回答。」他指著身邊一個無辜的小兵，「是他回答的。」

「可是我沒看到你站起來啊？」我問。

「我是坐著沒錯，翻開教材一百九十頁。我看他站在那裡愣著，於是想幫他唸，沒想到他自己搖頭晃腦起來，跟真的一樣。」

我聽見救護車發動的聲音，還看見車後發出的濃煙。

「演雙簧？」我可又愣住了。

即使侏儒也是從小長大的

即使侏儒也是從小長大的，凡事都有個道理。

在我還在澎湖離島服醫官役時，幾乎就確定了將來想要成為一個偉大的麻醉醫師的夢想。特別是在離島，有很多阿兵哥不小心弄傷了手臂、手指頭，我必須做簡單的外科手術。然而最教人興奮的事並不是手術，而是我終於有機會親自操作臂神經叢阻斷麻醉。不像實習時代，只能在一旁看麻醉醫師表演，讚歎不已。

「放輕鬆，不要緊張。」

儘管我這樣說，我手裡卻拿著一支二十ＣＣ的大注射針筒。我懷疑任何人在這個時候能聽得進我說的話。

「可是我很緊張。」說話的是我的病人，他修理飛機時割傷了自己手臂上的韌帶。二十歲出頭的年輕人，不知道為什麼看起來相當憂鬱。我猜他是A型血型。

「我不是告訴過你了嗎？本醫官的成功率百分之百。你不要緊張。」

「好，我不要緊張。」他停了一下，「可是我還是沒有辦法。」

「不會很痛的，我向你保證。」我很純熟地用酒精棉球消毒藥瓶，「你不要一直想著這件事，想想別的事情。快樂的事。」

「好，我試試看。」他閉上眼睛。

臂神經叢阻斷麻醉並不難，那幾乎是每個合格麻醉醫師都會的把戲。臂神經叢從頸部脊髓發出，由頸部延伸到手臂，支配手的運動以及感覺。書本上的標準做法是沿著鎖骨，摸到鎖骨動脈，臂神經叢就走在鎖骨動脈的外側。認清解剖位置之後，沿著神經叢注射利多卡因二十CC，很快就可以麻痺手臂，以及局部肩膀區域。接著病人安靜地任外科醫師宰割，絲毫不覺得手臂的存在。

「醫官。我告訴你一個秘密，你要答應我不要告訴別人喔！」

「什麼秘密？」我漫不經心地從藥瓶中抽出二十ＣＣ利多卡因。

「我吃過一個耳朵。」

「耳朵？」排出針筒內的氣泡，「木耳？豬耳朵？還是貓耳朵？」

「人的耳朵。」

「人的耳朵。嗯……」我停了一下，「別開玩笑了，你為什麼要吃人的耳朵？」

「那很簡單，」他很乾脆俐落地回答，「因為我有精神病。」

「你有精神病。」我用酒精棉球消毒頸部鎖骨上方的位置，準備注射。

精神病。精神病。精神病從我的耳朵沿著聽神經一直傳，傳得很慢，就在我的針尖要穿過病人皮膚時，才傳到大腦。

「你有精神病？」我嚇了一跳，把針頭收了起來，「你說真的還是假的？」

「對啊，我還一直在吃藥。因為我很想當兵。體檢時家人教我不要告訴醫官這個毛病，直到現在，再過四個月我都退伍了。」

我下意識地一直在他的鎖骨上方塗抹酒精棉球。精神病。精神病……我對陪同他來的阿兵哥拋了一個問號的眼神。阿兵哥指著腦門，老實不客氣地指了指病人，對我作出一個「阿達」的呆瓜表情。

精神病，精神病……

「你該不會是害怕打針吧？」我問他。

他睜大眼睛，直點頭。

我把針頭瞄準病人頸部。精神病……總覺得什麼事不對勁，又收回針頭。

「你什麼時候會發作？」

「不一定，我一緊張就會發作。」

「發作時你怎麼辦？」我問。

「我拜託室友把我綁在床上，過去了就好。」

「你發作時會怎麼樣？」我得弄個明白。

「我亂搖床，會打人，還會咬人。」他睜大眼睛，把牙齒咬得吱吱作響。

「所以你咬了一個耳朵？」

「還有一個鼻子，」他很得意地表示，「因為我要那個高中同學一輩子記得我。」

「我相信你很成功，他大概一輩子都忘不了你。」很好的理由，我勉強擠出一點笑容，下意識地摸摸耳朵、鼻子。

2

好了，我翻開那本厚達三千頁的麻醉學教科書，談到關於局部神經阻斷，密密麻麻寫了兩大頁。其中談到禁忌症，上面很清楚地記載了不適合接受臂神經叢阻斷麻醉的病例。

其中有個重點是：

病人拒絕，或者是意識上的問題無法充分合作者。

作者在其下還用粗體字很幽默地寫著：

否則你會讓自己陷入窘境！

至於這個窘境是什麼，整本書翻來翻去，以下就沒有說明了。

我一手拿著二十ＣＣ的注射針頭走來走去。現在我必須解釋條文。

首先，病人並沒有拒絕。再來。

「你會不會和我好好合作？」我問他。

「我會合作，但是我不曉得我能不能控制？」

我約略估計了一下，病人沒有拒絕，他也願意合作，除非精神病發作。因此整個手術只要我能確保他的精神病不發作，就能獲得成功。

翻開那本大教科書，扉頁印著作者的照片，散亂的白色鬈髮，很瀟灑的表情，一臉自信滿滿，睥睨的目光。

否則你會讓自己陷入窘境……

老實說，看到那張照片的表情，我並不服氣。如果說這個話的人是如此地自命不凡的話，那麼他說的話一定是給一般人遵守的。不平凡的人應該創造出一些例外以及新的規則。

跟隨著他來的阿兵哥很不識相地問我：

「醫官，我們要不要把他轉送到海二醫院去，那邊設備比較好，可以用全身麻醉，我看你還在翻書，這一招不曉得管用不管用，等一下精神病發作，把我們的鼻子都咬掉……」

「到底你是醫官還是我？」

「可是他有精神病……」

我可給了他一個臉色，讓他安靜下來。

看來現在不展現一下本醫官的實力，何以服眾？

「你現在手臂抬高看看？」

我的病人右手放在治療檯上，儘管他怎麼用力，動都不能動一下。

「會不會覺得痛？」我用鑷子夾他的食指。

病人很滿意地對我搖搖頭。

在我很成功地為病人完成臂神經叢阻斷麻醉之後，更加堅定了我的信念。

（否則你會讓自己陷入窘境？）

我決定把那本教科書合起來，並且把它踢到一邊去。

「現在我開始要為你縫合，」我準備了全套外科器械，消毒用品，並且不忘稱讚自己，「你放輕鬆，你看現在一點都不痛了。麻醉得多麼完美。」

「可是現在我的手一點感覺都沒有了，我很害怕。」病人用很奇怪的眼神看著我。

「當然，我已經替你做了麻醉。」

「可是我不喜歡沒有感覺。除了手以外，其他部位都有感覺。」

「那很好啊！」

「可是我從來沒有過這樣。」

「不用擔心，一、兩個小時自動會恢復的。」我向他保證，「你可以完全相信我，一點都不用擔心。」

偉大的麻醉醫師還包括嘴巴麻醉法。

他點了點頭，又說：

「可我還是很害怕，我沒有睡著，你要不要把我綁起來？」

「我對我的麻醉那麼有信心，你那麼不相信自己？為什麼要把自己綁起來？」

「醫官，我希望你把我綁起來。」

「不要說這種話，要相信自己。我這輩子就從來只相信自己。你看，你現在不是很好嗎？」

「可是我還是想睡覺。好不好？」

我想起了我手上還有鎮定劑。想睡？那不難。Valium 十毫克，靜脈注射。

不久，病人呼呼大睡起來。

我就在均勻的鼾聲中進行我的縫合。

在適應症上執行麻醉，那只是普通麻醉醫師的工作。在禁忌症、不可能中都能創造出完美麻醉那才是真正偉大的麻醉醫師。

完成了這麼偉大的工作，我忽然有一種站在高處驀然回首看著山底下燈火闌珊的陶醉。

3

我的陶醉沒有持續很久。過了二十分鐘不到的時間病人醒了過來。那時我才縫合了一半。

「你是誰？」這是他的第一個問題。

「我是你的醫官。」

「我為什麼會在這裡？」他又問。

「你修理飛機受傷了，你忘記了？」我開始覺得事情變得有些蹊蹺。

「修理飛機？」他看到自己的右手，「我的手怎麼了？」

「你放輕鬆……」

「咦？我的手為什麼不能動？」他睜大眼睛，從治療檯上爬了起來。

「你躺下來，不要激動……」

「我的手怎麼了？」他整個人站起來，右手上還留著我的針線，「是不是你弄的？」

「不要激動，聽我說……」我試圖著把他按回治療檯。

「不要碰我。」

他左手一個拳頭揮過來打在我的鼻梁上，我一個踉蹌正好跌在治療檯上，眼見他把右手甩得地上到處都是血。還看到滿天都是星星。

「不要激動……」

話還沒說完病人已經壓到我身上來，整個臉貼近我的臉……

差不多我的神志比較清楚一點時，他的整個臉已經貼近我的臉……

「耳朵！」我大叫一聲，反射似地把臉別了過去。聽見「卡」的一聲，顯然他咬了個空。

我必須很慶幸我的右手臂神經叢阻斷麻醉成功，以致他只剩一手的功力，讓我可以及時閃避，不然我的一個耳朵現在已經報銷。

我很快推開病人，放聲大叫：

「救命！」

他立刻又把我逼到牆角。嘴巴貼上了我的臉。我以兩隻手推他，用鼻子和他臉頰較勁。他張著大牙，眼看要湊上我的耳朵……

4

「怎麼了？」等我清醒過來，先是覺得鼻梁一陣疼痛，接著發現說話的聲音帶著嚴重的鼻音。那種鼻音連我自己聽起來都覺得是很倒楣的聲音。

「你的鼻梁被打斷了。」說話的是個中校醫官，我認出他來，是醫院的副院長兼麻醉科主任。他是這個島上唯一有麻醉專科醫師資格的人，

「手術已經完成，現在沒事了。」

「鼻梁斷了？」我努力想爬起來，發現全身暈眩無力。

我摸摸鼻子，早貼上厚厚的固定膠帶，再摸摸耳朵，好險，還在。

「現在我已經幫你固定好了。樓上病房沒有病床位，你就暫時住在急診室。」

「這是哪裡？」

「海二醫院啊！有什麼問題嗎？」

「我的病人呢？」我忽然想起在醫務所的事。

「他暫時留在這裡觀察，吃藥控制，」副院長指了指我對面的床位，「對了，你知不知道他有精神問題？」

我一眼就看到他。四肢被綳帶固定在推床上，一臉無辜的樣子。

「我事前有告訴醫官我有精神病。」病人指控起我來了。

「真的？」中校一臉不可思議的表情。

「是。」我沉痛地點頭。

「知道你還打臂神經叢阻斷？」

「我還拜託醫官把我綁起來。可是他不相信。」病人愈說愈振振有辭。好了，現在原告、證據、證人都齊全，看我還有什麼好詭辯？

副院長丟了一本書給我，一臉不高興，他說：

「有空多讀點書，反省反省吧！」說完頭也不回地走開。

我無趣地拾起書，果然是那本同樣厚達三千多頁的麻醉學教科書。

翻來翻去，又是那張令人無法忍受的照片，那種眼神，彷彿在告訴我同樣的那句老話：

否則你會讓自己陷入窘境……

不知道什麼時候，有個護士小姐站在我的面前，很客氣地問：

「對面那個精神病病人是你送過來的嗎？」

「沒錯。」

「是你給他打的神經阻斷麻醉嗎？」她可忍不住笑了起來。

「什麼事那麼好笑？」

「對不起，請你不要介意，」她指著我鼻梁，「你的鼻子上貼了一個T固定膠帶，看起來實在很好笑。」

她把我的病歷拿起來看來看去，欲言又止，最後終於問我：
「你是侯醫官吧？」
「是啊，病歷上不是寫得很清楚？」
「你，是不是寫過小說，那一個人？」
我躺在病床上，無可奈何地點點頭。
她笑不可抑地招呼她的同伴，很大聲地喊：
「就是他，就是他，妳們趕快都來看……」
這時候，我可發現了護理站一群朝著這邊看的護士小姐了。
「有什麼好笑！」我幾乎要歇斯底里地大叫。
不叫還好，我那一口倒楣的鼻音，更惹得她們笑彎了腰。

5

「放開我，他們把我綁在這裡。救命！誰來救救我。」顯然我的病人精神病發作了。

「安靜！」我對著他大叫。

「我不要安靜。他們把我弄成這樣，現在還把我綁在這裡。教我怎麼安靜？」

「是你自己叫別人把你綁在床上的。」

「我什麼時候叫別人把自己綁在床上？」

「放開我我才安靜。」我的病人歇斯底里地大叫，又是扭來扭去，弄得推床嘎嘎作響。

「你自己有精神病，當然要綁起來。」我大聲地吆喝。

「你勸他就勸他嘛，也犯不著罵他精神病。」有個老士官手上還吊著點滴，顯然開始要打抱不平了。

「我是醫官。」我試圖著告訴他病患有精神病這個事實。不過還沒說完就被士官長打斷。

「醫官也不能罵人啊！」說著他滿肚子氣都爆發出來了，「他奶奶的！醫官什麼東西，做檢查東拖西拖，要個床沒有，人都快病死了，他也不急，一副要死不活的嘴臉，欠他幾百萬似地，沒有一個好東西！」

「拜託，把我放開。」我的病人苦苦哀求。

「老弟，別擔心，我幫你主持個公道。」老士官長一邊說著，一邊過來就要鬆綁病人。

「不行。」我趕忙起身要阻止老士官，「他有精神病，千萬不要鬆綁，他很危險。」

「我看你這副德行，躺在床上，小命都不保了，還說自己是醫官，搞不好你才是精神病！」

「你不要不相信別人說的話。」

「他奶奶的，老子這輩子就是太相信別人說的話，才會弄到今天這個地步。從現在開始，老子只相信自己，看你們這些王八龜孫子拿我怎麼辦？」

眼看急診室一陣騷動，護士小姐都來調停。

「你們這一套我見多了。我走遍大江南北，什麼事沒見過，」老士官顯然很不滿意醫院的做法，「我在急診室住了五天，也受夠了，你們可把病人當人看嗎？」

我的病人一副苦苦哀求，得寸進尺地說：

「求求你救我，他們打我，把我綁在這裡，迫害我，還罵我是精神病。」

「你們看。這要當年老總統還在，」提到老總統，士官長立刻立正，「哪會容許這個樣……」

眼看他激動地鬆綁了病人的雙手，接著去鬆綁他的雙腳。

「別這樣嘛，醫官、護士都跟你講了，這裡有這裡的規矩。」護士小姐勸他。

「規矩都是給可憐的人遵守的，你們自己可曾守規矩？活活的人都讓你們給醫死了，你們還會什麼。」老士官愈說愈激動。

「真要鬆綁，你來睡病人旁邊，有事你負責照顧他。」護士小姐可不高興了。

「你看，這什麼醫院？老弟，別擔心，靠自己就靠自己，別人都是靠不住的。」

現在老士官完全把我的病人鬆綁了。病人顯得安靜異常。

「你們看，到底有什麼不能鬆綁？不是好好的嗎？」老士官回到自己的床位收拾東西，準備搬到病人床旁，他愈說愈大聲，簡直要發表演說了，「官僚作風，因循苟且，潦草敷衍，馬馬虎虎，沒有擔當，自以為是，帶兵吃兵，敗壞風氣……」

直到我都快睡著了，老士官還在發表他的高論：

「國家都給你們這些人弄得滅亡了。再下去，還怎麼反攻大陸？解救大陸同胞？怎麼對得起老總統在天之靈……」

不知睡了多久，我聽到很巨大的聲響。

「我是誰？」是我的病人的聲音。

「我為什麼會在這裡？」

「是你把我弄成這樣？」

這一切都似曾相識，我想我也許正在做夢。

「碰！」我清楚聽到玻璃瓶敲破的聲音。

我迷迷糊糊睜開眼睛，看見點滴瓶敲得碎碎的。血從老士官的鼻梁流下來……

「你這忘恩負義的東西！」

一切又重新上演了一遍。每一個動作都是那麼地親切、熟悉。

我的病人把老士官逼到牆角，臉龐貼近了老士官的臉。

我忽然想到那並不是夢。

「小心！」我飛也似地奔過去，「耳朵！」

然而已經來不及了。

6

有個不怎麼高雅的笑話是這樣的：

張三和李四一起去旅行。不幸發生了船難，漂流到島上，被食人族捕獲。依照島上的律法，他們必須去島上撿拾水果，依撿回來的水果來決定他們的處置以及命運。

張三在島上撿回了十個番茄。撿回來之後，才曉得水果是用來塞進屁股的刑具。

「要免除一死，只有這個辦法了。」酋長表示。

張三很痛苦地把番茄一個一個往屁股塞，塞到第六顆的時候他竟然有心情笑了出來。

他看到李四撿了十顆鳳梨回來。

說完這個故事，你可以想像當他們開完刀把老士官從手術房推出來時，我的心情。我看到他鼻梁上用固定膠帶貼了一個大大的T字形，特別是配合他那一臉鱷魚表情（像《烏魯木齊大夫說》中第六十四頁，蕭言中的漫畫），我實在無法忍住不笑。

「有什麼好笑！」聽到老士官長一臉正經，和我一模一樣倒楣的鼻音，我更是笑得無法克制。

我並不是沒有同情心，可是我笑得眼淚都快流出來了。我換了一個心情，看見有個人把我原先的愚笨從頭到尾精確地表演了一次。

他們把我的病人綁在床上，還有我，以及老士官依序併排在一起。像個歷史里程，或紀念碑一樣，標誌著三個大字：

笨——笨——笨。

我還一直笑個不停。

如果一定要說人類和變形蟲有什麼不一樣的話，在於人有記憶。藉著記憶，人類可以累積經驗，傳遞經驗，避免重複的錯誤嘗試。這是人類所以為高等動物的原因。

不過基本上，我不相信這個論調。

歷史的錯誤都是重複的，沒有任何一件錯誤不能找出相同的歷史。從很多觀點來看，人類比變形蟲實在好不到哪裡去。

「放開我，求求你們，我又沒有做錯什麼，不要把我綁在這裡！」過了不久，我的精神病病人又開始大叫了。

我的話說得不錯。果然又有個不信邪的人過來了。

「為什麼要把他綁成這樣呢？難道你們一點愛心都沒有嗎？」

即使侏儒也是從小長大的，凡事都有個道理。可惜每個人只講自己的道理。我看著那個不信邪的人的輪廓，想像他鼻子貼上Ｔ字形固定的樣子。

老士官長緊張得都坐起來了，他用很好笑的鼻音大聲地說：

「老弟，他可是精神病！」

✚ 我怕飛機

我搭乘軍用運輸機的感覺並不是十分愉快。原因是我們實在找不出更好的辦法了。

自從單位裡那位年輕的帥哥和華航空服小姐的戀情急轉直落以後，我們全體的人員就開始沒有什麼好日子過了。

「醫官，我希望你們能了解我的心情，」帥哥甩了甩他額前的長髮，握著我的手，激動地說，「我很痛苦，我必須抉擇。」

他的抉擇我們並不關心，不過重點是如果他決心和華航的那位小姐分手，以後我們就不再會有劃好「ＯＫ」機位的機票從櫃台後面拿出來了。到了夏天，澎湖都是觀光客，不管是什麼噴射機客機、中型螺旋槳飛機、小型螺旋槳飛機，擠得滿滿都是人，除非你有很好的辦法，否則實在是一票難求。

「真的好痛苦，」駕駛兵用羨慕的眼神說，「為什麼我的痛苦和你不一樣呢？」

「你不會明白的。」

「至少你比我們好，我希望你能明白，」醫務兵沉痛地拍著帥哥的肩膀，「再弄不到機票回台灣，我的女朋友就要抉擇我了！」

「你可以坐船呀！」帥哥不以為然地表示。

「坐快樂公主號回台南要三個小時，再轉車到公路局車站，幸運的話一個小時就排上往台北的國光號，再花五個小時塞車回台北，換搭公車到約會地點少說要一個小時，一、二、三、四……一共十個小時。好了，再花十個小時趕回來報到。休假兩天，就算不吃不睡，你看我還剩多少時間好約會？」

「可是也不能就這樣叫我犧牲終身的幸福？」

「怎麼會呢？」幾乎所有的人都忙著舉證說明這位華航小姐的好處，什麼儀態優雅、端莊大方、身家清白……你實在想不出世界上還有更完美的人。

「這樣還是不行……」帥哥面有難色。

「可是只要你得到了幸福快樂，我們全醫務所的人就要開始過著不幸的生活了！」

「總是還有別的什麼辦法吧？」

接著是好長的沉默。

2

當時軍用運輸機服役的機種是「C-119」，俗稱的老母雞。我的祖父形容得好：「我年輕當兵時就坐這種飛機，現在我老得走不動了，它還在飛！」事實上，許多老母雞上面的零件目前世界上已經不生產了，他們把掉下來的舊飛機，或者是報銷的飛機拆下來，拼拼湊湊。甚至到了現在，祖父已經過世了，老母雞依然還在飛。

我早就說過，我在空軍軍醫服役期間，最主要的工作就是守在飛機場等飛機掉下來。總部怕我們疏於防備，指定我們每個必須閱讀「失事公報」。「失事公報」詳細地記載當月份的飛安狀況，飛機失事的詳細報告。由於「失事公報」是機密文件，只有相關人員得以閱讀到。因此，如果你從報紙得到的印象飛機是安全的，飛行是舒適的，「失事公報」

會很機密地告訴你，事實並非如此。

當我拿著機票坐在候機室等待飛機到來時，聽見各種飛機的聲音。在飛機場工作久了，任何一個人只要憑著引擎聲音就可以告訴你那是什麼機型的飛機。我遇見了一個修理飛機的老技師，和他打招呼，心不在焉地聊天。

「你這趟是要回台北去？」老技師問我。

「是呀。」

我想起有一次，一家航空公司的噴射客機才起飛繞了一圈立刻緊急迫降。飛行員下來了，說是忘了加油。還有一次，飛機在滑行道上滑行，鼻輪忽然自動折斷，飛機栽了一個觔斗，打壞螺旋槳，噴得半天高。這些都是我親眼目睹。

「你坐哪一班班機？」他好心地問我。

「一點半的運輸機。」

「那就是老母雞了？」忽然他露出怪異的神色。

「對。」我看著他的表情，「怎麼了？」

「沒什麼，」他笑了笑，「我自己絕不坐老母雞。」

「為什麼？」

「因為我是修理老母雞的技師。」

好了，事實擺在眼前，已經沒什麼好說的了。我左顧右盼，故作鎮定狀，我聽見外面來來去去的飛機引擎聲，很想大叫。

3

「其實老母雞的翅膀很大，理論上，萬一引擎熄火，它還可以滑翔。」

在講了那麼多不幸的故事之後，飛機技師安慰我。彷彿醫師宣布病人得了癌症以後安慰他，有人得了這個病活了很久一樣。

「真的有這樣的例子嗎？」我問。

他搖搖頭，沒有說什麼。

別的坐在旁邊等飛機的人聽見這個有趣的話題也都來加入我們的談話，不管認識或者是不認識的人。

「看見跑道盡頭一堆廢鐵，有沒有？」有人指著給我看，「就是去年的事，七三七客機進場，本來逆著風，照說應該是兩個翼輪先著地，可是那班七三七是鼻輪先著地，我一看不對，正想大叫，飛機又衝了上去，轉個彎，速度不夠沒拉上來，掉到海裡去了，全機沒有一個生還。那一堆廢鐵就是跑道上撿回來的。」

「難怪有時候晚上會在那個方向看到磷火。」

我打了一個寒顫，愈說愈可怕了。

「有一次才鮮呢，有架老母雞，飛行到台中上空，碰的一聲，你猜什麼事？引擎掉下來了，砸到一家工廠，起火燃燒。本來這家工廠債務連連，打官司的結果由軍方賠償五百萬元。據說又重新經營了起來。老闆說起這個故事還真是仰天長笑。」

我發現一件事，原來每個人都曾經看過、或聽過墜機的事。

「有一次，一個老母雞機隊，飛到苗栗上空，不曉得為什麼，全栽機了。報上一個字也沒有。那一次我們負責搜索，在山區找了兩天才找到。碎片散落兩個山頭，好幾公里遠。我們到的時候還在冒煙，只找到一個比較完整的飛行員的屍體，也只有上半身。其餘的都支離破碎，還有掛在樹上的內臟、手、腳……到處是燒焦的味道，像是我們聞到人家烤魷魚的味道。」

…………在我踏上飛機之前，已經聽過了好幾個一手的飛機失事故事。

4

我一踏上老母雞立刻就後悔了。機艙內陰陰暗暗不說，乘客的座位像是舊式普通火車那樣靠機艙兩側對面排開。滿艙的乘客分坐兩側，彷彿知道自己的命運似地默默不語，如楚囚相對。

每回只要墜機發生，一定有記者採訪那些趕不上火車、或臨時改搭別的班機的倖存者，像中了彩票似地大肆報導。一想起來，我立刻就有種逃離的衝動。

「坐好，別亂動，飛機就要開動。」看穿我的想法似地，有隻大手緊緊把我壓了下來，坐在自己的座位上。

我抬頭一看，那並不是命運之手，而是老士官長的手。他是機上的機務員，對誰都不客氣。

「繫好安全帶！」老士官長彷彿對著我這個少尉軍官發號施令似地。更氣人的是說完之後，他大搖大擺坐回位置上去，也不繫安全帶（好像那是膽小鬼的工作）。抓起報紙，邊看邊罵，「搞什麼鬼？」

好了，命運的鎖鍊現在把我緊緊地鎖在飛機上，我無所脫逃於天地之間。

環顧四周，很清晰地可以看見飛機的結構體與骨架，還看得到鎖住這些骨架的螺絲釘。

這算哪門子的飛機？

再看看手上的機票，我相信他們已經為這件事做了萬全的準備，因為我在注意事項第三條明白地看到：本機若發生意外，貨品有任何損失，本機概不負任何責任！

不久我聽到螺旋槳引擎啟動的聲音。老練的乘客拿出準備好的棉花，塞住耳朵，仍然安若泰山地閉目養息。那引擎聲音愈來愈響，漸漸整個機體不安地顫動，像一列火車，以極快的速度轟隆轟隆地前進……

等到飛機開始衝刺起飛的時候，聲音更大了，那不只是火車，比火車的極限還要高，像熱門演唱會站在音箱的旁邊，很快那聲響立刻超越我經驗的極限，簡直是宇宙洪荒全部撞在一起了。那聲音愈來愈高亢，我緊張地盯著結構體的螺絲釘看，看它嗡嗡地作響，懷疑飛機就要解體爆炸，可是就在最懸疑的一剎那，飛機整個機體拉高了起來，我的心臟緊急地收縮了一下。

起飛了。

飛機用很辛苦的聲音拚命地吼叫著，顯然它的負擔很重。我很擔心它會忽然一個氣不順，咳嗽起來，那我們全完蛋了。飛機不斷地升高，在那種狀況下，不用儀表你都感受得到——你的心臟跳動的速率就是最好的高度儀。然後是耳朵，因為沒有壓力艙的緣故，不斷地有空氣沿著耳咽管進入鼓膜內……你必須不停地吞口水以緩和局勢……

說時遲那時快，我還來不及調整生理的反應，整個飛機忽然向右傾斜，飛機不斷地往下掉，並且引擎的聲音聽起來也不一樣，變了調……

老母雞並沒有舒適的窗戶，只能透過像電影「齊瓦哥醫生」橫越西伯利亞的火車車上那一小扇窗戶，很勉強地看見窗外。這一切都加重了事情的詭異性。我努力地探頭看飛機窗外，一會兒看見天，一會兒是海面……

飛機還在不斷地往下掉。

不錯，正是在往下掉，一直掉……

還在掉……

「啊！」我已經叫了起來。

我的聲音幾乎淹沒在引擎聲中，不過老士官長已經注意到了，他放下手上的報紙，過來拍拍我的頭：

「叫什麼叫，沒看過飛機轉彎是不是？」

5

極大的嘈雜聲與不穩定的震動。飛機仍在飛行。

除非它安全降落，否則別無他法。我的手腳冰冷，心臟跳動速率增加。

「沒事，一切都很正常。」我不斷地暗示自己，並且看著手錶，「一切都會很好的，還有三十五分鐘就降落了。」

我開始相信恐懼是很可怕的事。如果說有什麼恐懼是可以忍受的話，那一定是別人的恐懼了。

我曾經在精神科病房看見恐懼蟑螂的人、恐懼電梯的人、恐懼看到流動的東西的病人，當時覺得實在很不理性，怎麼有人會恐懼成這個樣子？現在可輪到我自己了。

德國納粹曾經對猶太人做過一個實驗：

他們以割腕處死犯人，讓犯人全身血液流盡而死。整個過程讓第二名囚犯看見。當第二名囚犯受刑時，納粹不讓受刑人看見自己的手。他們輕輕地在他的手腕上劃下一刀，並不割斷動脈。以水滴緩緩地滴在傷口，彷彿血還不斷湧出。

第二名受刑人就這樣活活地在自己想像的死刑中，死了。

所以人之所以活著，實在還靠一點想像和感覺。我座位旁一位太太對著她的丈夫說：

「還是你們男人比較厲害，像我們女人坐飛機，怕得要死。」

做丈夫的可得意了，他有點驕傲又不屑地說：

「有我在，怕什麼。」

那個女人可心滿意足了。有老公保護，覺得無比幸福。可是話又說回來，要是飛機真的掉下來，那男人實在也派不上什麼大用場。所以說活著還靠感覺與想像，生命中大多數的事都是這樣。能感覺幸福就好，真要追根究底對誰都沒什麼好處。

飛機又轉了一個彎。這次沒有想叫的衝動。可是心臟仍然怦怦地跳個不停，手腳冰冷。

「不要害怕，不要害怕，沒什麼好害怕。」我不停地告訴自己。

不過我發現效果有限。恐懼是條粗大的繩子，牢牢地將想像綁住，

除了恐懼以外，動彈不得。

6

飛機遇見亂流，強烈地震盪了好幾下。

「別怕。」我告訴自己。

想些有趣的事好了。

電視製作人王偉忠告訴過我一個故事。他小時候和爸爸坐老母雞。

有一次坐著坐著無聊，探頭去看窗戶外面，不看還好，一看竟然看見左

側的螺旋槳引擎著火。他揉揉眼睛再看，還是著火沒錯。

「爸爸。」他可慌了，急忙搖醒睡著了的老爸。

「什麼事？」

「飛機著火了。」他大叫。

「別吵了。」老爸睜開眼睛聽了聽，翻個身又睡著了。

「爸爸，真的著火了。不信你看。」

王老爹心不甘情不願睜開惺忪的眼睛，往外一看：

「咦，真的著火了。」

請出了副駕駛、機務士官來看，都異口同聲說：

「真的著火了！」

趕忙進去機務艙向正駕駛報告。

正駕駛出來左看看，右看看，終於同意是著火了，他說：

「別擔心。」

那天氣候多雲。駕駛躲進駕駛艙，過不久就看見飛機像撞牆一樣開始去撞雲。

咻——碰！

雲是水滴組成的。這樣撞了幾次以後，火竟然被撲滅了。

「卡通影片！」我聽了大叫。

我不曉得別人聽這個故事的感覺如何，不過聽完故事我瞪大了眼睛。

「真的，真的，」他認真的表情，「你可以去問我爸爸，當時他也看到。」

「你爸爸人呢？」

「可惜已經過世了。」

他攤開手，聳聳肩，一臉無辜的表情，讓你不曉得該相信他好還是不好？

我有些歇斯底里地看看窗外，還好，引擎運轉正常，沒看到什麼著火的現象。

看了看錶，還有十五分鐘才會到達台北松山機場。

不過我高興得太早了。因為我才把視線從窗外收回來，就看到白色的濃煙不斷地冒進來。不但如此，我還聞到一股強烈燒焦的味道。

7

接著幾乎和我聽到的過程一模一樣。

先是老士官看了看，皺了皺眉頭。去前面駕駛艙把副駕駛請出來。

副駕駛爬上骨架又爬了下來，東摸摸又西摸摸。

濃煙愈來愈多了，顯然不是我原先「雲跑進來捉迷藏」那麼美好的推論。

等到我看到正駕駛都從駕駛艙出來時，我立刻明白事態嚴重了。

現在到底是誰在開飛機？

「不要怕，不要怕，沒什麼好擔心的。」士官長不斷地重複這句話，開始去檢查所有人的安全帶。

果然引擎開始發出很怪異的聲音。

正駕駛、副駕駛在士官長耳朵一陣耳語之後，神色慌張地進入駕駛艙。

「什麼事？」我問。

「沒事，我們要開始下降了！」士官長顯然壓抑住情緒。

「不是還有十五分鐘才會到達松山機場？」

氣燄很高的士官長這時乖乖地坐回他的座位，繫緊身上的安全帶。乾脆話也不說了。

飛機開始左右搖擺，厲害地跳動。

「迫降。」坐我左側的人輕輕地對我說。

「什麼？」我問。

「迫降！」他說，「等一下降落時抱緊頭部，彎曲身體側向機首，看著前方。」

「你怎麼會知道的？」我問。

「因為我是迫降的存活者。」

「為什麼是看著機頭的方向？」

「因為我迫降那次死掉的人都找不到頭，只剩下身體。」

「只剩下身體？」

「側著坐，撞擊力太大，頭從側面飛出去了！」

我一聽趕緊乖乖地轉正了方向，頭朝前方。

真的要掉下去了？我都還沒有做好心理準備。
飛機愈搖擺愈厲害，濃煙到了幾乎嗆人的地步。我看見士官長也頭朝機首，不知道拿著什麼東西在看。
我再仔細瞧瞧，發現那是他們全家福的照片。

8

神經再遲鈍的人這時都可以感覺到真正是在迫降了。事實上，你可以感覺飛機在「掉」（比「摔」好一點），而不是「降落」。掉落可以很明顯地感受到「失重」，像太空人在太空艙那樣。每掉落一下，飛機立刻回應很厲害的跳動，並且機翼嚴重地左右搖擺。
真的要掉下去了？一切都要結束了？

明天變成了失事公報上的一頁，連個名字都沒有。報紙上一片太平，

然後陽光依然燦爛，明天世界還會繼續下去。除了幾個為我哭泣的人以外，彷彿什麼都沒發生過一樣。

畢業還有個典禮。沒頭沒腦地就要結束了？生命好像在開玩笑一樣。

我想起那些最熟悉的人的臉孔，一個一個閃過我的面前……

飛機的起落架放了下來，螺旋槳換了另一種馬力，發出很低沉又無力的聲音……

有個保險公司登出在飛機失事現場找到的一個日本人寫給太太的遺書，上面寫著：

「把孩子好好撫養長大。」

我忽然想，也許我該寫些什麼。

「我不要！我不要！」之前那位太太已經歇斯底里地叫了起來，她

那位吹牛的先生只是抱住她，滿臉都是驚惶的表情。

我拿出紙條，活了半輩子，腦筋一片空白，不知道該寫什麼。

陽光從小窗戶照進來，斜斜地映在機艙裡，一會兒飛機翻轉，又不見了。

這麼好的天氣，做為一個醫生，我跟死神也不曉得打過多少照面了，可是這是頭一次我們這麼地接近，也許我可以見到它的廬山真面目也說不定……

很奇怪，那麼長久的恐懼，事情真的莫名其妙地發生了，發生的那一刻，反而不怕了。好像要上台演講的人，緊張了好幾個晚上，等到真正上台，卻一點都不害怕了。

「不要！」又有個上士班長，叫了起來。

飛機像是撞到地面一樣，彈跳了好幾下，接著是緊急煞車的聲音，機身稍微傾斜了一下，在跑道上很猛烈地滑行，跑了不曉得多遠的距離，停了下來。

我們從安全門滑了下來。跑道上早停滿了消防車、救護車、各式迫降待命的人員。

醫官是我的舊識，跑過來跟我握手。他興奮地說：

「哇，我看見兩道黑煙緩緩從天而降，真是壯觀。」

等到所有人都下來，消防車立刻撲了上去，幾道大水管噴出泡沫，弄得整部飛機像是泡在浴缸裡的出水美女。

「咦，你怎麼會跑到松山機場來？」這時我比較清醒了，問那位醫官。

他拍拍我的肩膀，指了指周遭環境，告訴我：「老弟，看看，這裡是新竹空軍基地。不是台北。」

我摸摸頭，走在新竹亮晃晃的陽光裡，風徐徐吹來。我得意地笑了起來。

活著，真好。我告訴自己。

9

我發不再坐飛機的狠誓並沒有忍耐很久。過不到幾個月，我實在忍受不了坐船的不方便，又開始搭飛機了，並且一樣恐懼。

「那麼低的機率都被我碰過，那麼這輩子不會再有了！」我安慰自己。

不但如此，我那「活著，真好」的信念也有了很大的修正。特別是如果你不想再坐老母雞的話，那一班兄弟們可開始好意地要替我介紹那位華航小姐了。

「可是我已經有女朋友了！」我表示。

「誰規定女朋友只能有一個？」

歷史重演似地，幾乎所有的人忙著向我舉證說明這位華航小姐的好處，儀態優雅，端莊大方，身家清白……

我看到張愛玲寫的一句話，深受感動了。

「生命是一襲華美的衫子，爬滿了蝨子。」

十

騎牆記

如果你坐飛機到過澎湖，走出機場，回頭一看，那麼你一定會明白我接著要描述的事情。

沒錯，你看到兩座很大的建築，分別是民用航空站以及馬公空軍指揮部。這兩個單位分別有自己的大門，行政系統，個別的人員，並且彼此以圍牆相隔起來。井水不犯河水。

可是如果你真的這樣想，那又錯了。因為除了大門以及建築有所不同以外，兩個單位都同樣通到機場以及跑道。在外人看不見的內裡，我們彼此的區隔並不是真的那麼明顯。平時軍方單位幫忙維護跑道、停機坪，整理清除一些跑道障礙物，本著愛屋及烏的心情，也不介意越區幫忙清理，遇到觀光旅客身體不適，救護車出動立刻長驅直入民用航空停機坪去了。

如果你覺得這兩個單位水乳交融，那也錯了。

一旦你要坐民航客機返台時，又不是這麼回事。依照規定是這樣子的，你必須從宿舍走出空軍指揮部大門（這差不多有一、兩公里），然後走出一個叫做隘門的村落（村落不大，大約有一公里），走出村落之後沿著往馬公的道路直走，看到有個很大的標誌寫著——歡迎光臨澎湖。恭喜你，快到了，請向右轉，加油，再走差不多兩公里左右就可以看到民用航空站的大門了。走進那個大門，向對著你微笑的小姐辦理手續。

不用多說，你一定猜得到我們空軍基地的阿兵哥們要回台灣時多半會怎麼幹？

爬牆？只要三分鐘。完全正確。十項戰技裡面就訓練過，這是當年我們學過的戰技唯一派得上用場的部分。不過當你有很重的行李以及背包時，事情就稍有了不同。好了，事情是這樣開始的……

2

「醫官！」很高亢的聲音。

當我回頭一看，發現在牆內叫我的人竟是個憲兵時，我完全愣住了。不過我的處境比遇見憲兵還要為難。我一腳跨過兩公尺半的圍牆，另一腳在圍牆內，更糟糕的是還有個將近二十公斤重的行李掛在我的手上。我像隻背著蟑螂的螞蟻，吊在半空中搖晃，進退兩難。

「你需要幫忙嗎？」憲兵正經八百地問我，讓我覺得十分不妙。特別是你正在爬牆的時候。

我相信我絕對需要他的幫忙。可是在我拜託他饒了我爬牆的過錯之前，我必須拜託他先想辦法把我弄下來。這使得我不知如何啟齒。

「醫官，你忘記我了嗎？上次我得了重感冒，幸虧你幫我打了點滴，讓我在醫務室住了兩天。」

是我的病人？現在我比較好過了一點。把行李交給他。

「現在好一點了嗎？」我吊在半空中，當場問起病情來了。

「現在好多了。謝謝醫官。」他對我行了一個軍禮，「對了，醫官，你要去哪裡？」

「要去坐華航的班機，」儘管我從來沒有騎在牆上行軍禮的習慣，我還是回禮了，「你也知道的，路途遙遠，所以，嘿嘿……」

他也配合出非常理解的表情。

「兩點半回台北那班班機嗎？」看我點點頭，他接著又說，「剛好是我當班，看你的行李那麼重，我幫你從停機坪拿過去放在登機室等著。

你直接空手去櫃台辦手續，等到通關後上飛機前直接背走行李就可以了。」

「這樣太麻煩你了！」我嘴巴這樣說，其實心裡一直點頭同意。

「別這麼說，同樣都是出門在外嘛，前一陣子我麻煩你的地方才多呢！」

3

辦好登機手續之後我把登機證放到上衣口袋裡去。我故意空著雙手，到處晃來晃去，享受我所擁有的幸福。由於幸福的感覺是這麼的滿溢，我無法不再重新考慮老媽一再強調的那句我向來不以為然的話：

「醫生是一個很受人尊敬的行業。」

民航站內到處都是帶著大包、小包行李的人。還有拿著各式紀念品的人，什麼香魚片、魷魚乾、海苔、有刺的河豚標本、文石……戴著墨鏡的人，沒有一個不是曬得全身翻紅、脫皮。在澎湖待久了，唯一的渴望就是回台北，我愈來愈不能理解這樣的事：為何有人要消耗所有的假期，把自己弄得一身都是曬傷、脫皮、痠痛，辛苦帶走了大包小包本地人不屑一顧的東西，說是永遠難忘澎湖之旅，還宣稱一定要再回來？

「好人有好報」，我再度為今天的事下了一次結論。老實說，這是我從小就學會，但是一生難得印證的真理。

「搭乘華航二五二班機二點三十分飛往台北的旅客請登機。」

我空著雙手遞上機票、登機證、軍人補給證、准假條，得意洋洋地通過包括航空公司人員、航警、憲兵在內的檢查線。經過自動檢查門時我還很誇張地轉了一圈。

遠遠看見背包躺在登機室的沙發上，我的病人憲兵正微笑對我示意。

我像個諾貝爾醫學獎的得主，享受著國賓似快速通關的禮遇。

「人人至上，無論來自何方，人人至上，他們是最好的老百姓，如果我們能為所有的人著想，我們會發現更多善良的人，為更多的人著想……」

我哼著高中時代參加耶誕節晚會學來的歌，陶醉在上帝的正義與美德裡，一切盡在不言中。

飛機引擎的聲音發動了起來。想起再過不了一個小時，就要展開為時一週的假期，和我所有摯愛的人團聚在一起，竟有一種興奮的感覺。

過了不久，登機室的大門打開，旅客魚貫離開走向停機坪。

「不要動！」

不曉得發生了什麼事，聽見有人在大喊。

等我背起二十公斤重的背包正要離開，喊叫的聲音更加倉促了：

「叫你別動你還動！」

往前走了兩步，有人從後頭拉扯我的手。

我才一回頭，看見至少有十幾個航警人員把我團團包圍。天啊！是衝著我來的。

還弄不清楚怎麼回事，就有人把我推向牆壁，雙腳分開，像個罪犯一樣上下搜身。

「我到底犯了什麼法？」

「你企圖行李不經檢查闖關，嚴重違反國安法！」聲色俱厲。

「可是，是憲兵幫我拿進來的。」

「閉嘴！再說我就揍你。」

我側過臉，發現那個憲兵已經不見了，至少有三個航警拿著手槍瞄對著我。不但如此，子彈都上了膛，保險是打開的。

我立刻閉嘴了。

4

上衣、長褲、運動鞋、內衣、內褲、香港腳藥膏，以及一大堆書本……

在航警站裡，他們把行李倒得滿地都是。

有個航警把我的行李很謹慎地分類，在地上分成一堆一堆。

「嘩！」我的背包所有的縫線、夾層全部都被拆開。

我聽見班機起飛的聲音，開始覺得事態有些嚴重。

警察和我們醫生同樣有個優點，同時也是缺點，不管發生了什麼事，他們都會往最壞的方向去思索。

「沒事帶這麼多書幹什麼呢？」他把我二十公斤的行李翻來翻去，「這本是什麼？謝長廷？謝長廷是誰？死的還是活的？是不是共產黨？」

「拜託，謝長廷是個市議員，他是民進黨。」

「民進黨比共產黨還要糟糕，你不曉得什麼叫做三合一敵人嗎？」他狐疑地看著我，「我得查查看有關規定，看看你是不是思想犯？」

「我說要查有關規定的事，不要記。免得人家以為我搞不清楚。」有個一線兩星的警員，很緊張地記著筆錄。他點點頭，拿起原子筆把整張紙塗得髒兮兮地。

接著是馬奎斯的小說集《百年孤寂》，以及馬友友無伴奏大提琴錄音帶，他看了好久，我希望他不至於誤會他們和馬克思有任何親戚關係。

「這些是什麼？」

「是皮膚藥膏。」我據實以告。

「真的是皮膚藥膏？」他附過來我的耳邊，「你老實說沒關係，也許我幫得上你，你自己不說，我想幫你都沒辦法！」

「是皮膚藥膏。」我又重複了一遍。

他懷疑地把藥膏瓶蓋打開，擠一小段，準備嘗試一下。

「啊，不要！」看到我慌亂的表情，他抓到我的小辮子似地，更積極把那段藥膏抹到嘴裡去。我想阻止，已經來不及了。

「那是我抹香港腳的藥膏！──」

看他又是吐又是漱口的表情，的確是不錯的香港腳藥膏。你想，人吃了都如此了，何況是黴菌？

「你不要敬酒不吃吃罰酒。」翻臉了，他對著我大吼。

我也不見得舒服，問他：

「我到底犯了什麼法？」

「你嚴重地違反了國安法，我是看你大學畢業，不想斷送你的前程，你還是軍人，受軍法審判。軍法審判是什麼你知道嗎？你家再有錢請律師都沒有用，兩三下就叫你關十幾年。你看我做得到做不到？」

5

這回換了另一個人審訊我。做筆錄還是同一個小警員。

「抽菸？」滿臉的笑容。

我做手勢推辭。想起《牯嶺街少年殺人事件》裡面張國棟遭遇白色恐怖的調查人員問話。也是兩人一組，一黑一白，威脅利誘有之。

「你聽我說，我們不會為難你的，請你也不要為難我們。在做得到的立場我一定想辦法幫助你。我們軍警本來就是一家嘛，對不對，誰也沒有必要和誰過不去。」

「我要見我指揮官。讓我打個電話。」

「別急嘛，電話一定會讓你打的，我們先把筆錄做完。你放輕鬆，只是交個差，就算真正要上法院了，你都還可以翻供，重新再來。」

「我要見指揮官。」

「說真的，你這樣就不好了。我可是為你著想才這麼說的。」他停了一下，又問，「你和那個憲兵什麼關係？」

「那個憲兵人呢？」我問。

「你不要管他人在哪裡，你只要回答我的問題，你和他是什麼關係？」

「他是我從前的病人。」

「你再想想，」他很客氣地說，「無緣無故他為什麼要幫你的忙？」

「他感謝我照顧他的病啊，很合理。」

「老弟，我辦案二十多年了，」他拍拍我的肩膀，「這種仁義道德的動機是說不通的。你再仔細想想看，沒關係。」

「我要見我的部隊指揮官。」

情勢一直僵持下去。

「好了，老弟，你也是聰明人。我把話跟你挑明說，這樣子的動機是不行的。你要是有帶個武器、毒品都好辦。你想看看，都沒有人錯，我們航警費了這麼大勁，大家都看在眼裡，那我們把自己當白癡？」

「我的行李被你們憲警拿走，現在你們又說我不對。那一開始你們就不要拿走我的行李。這不是陷害嗎？那個憲兵人呢？你們為什麼不抓他？」

「別激動。」他自己點起了一支菸，深吸了一口，吹得滿屋子都是煙霧彌漫，他的眼神閃爍出一道光芒，「你說是那個憲兵陷害你？」

「為什麼不抓他？找他來說清楚？」

「老實說，他們在這裡的部隊、武力都比我們強，」又吹了一大口煙出來，「好，那我問你，是不是那個憲兵陷害你？」

「他是想幫助我。」我回答。

「這樣不行，你和我合作，你說是，我才能幫你，」他問，「憲兵是不是常常藉著私人關係，不檢查行李，夾帶過關？」

6

我的筆錄雖然只問將近兩個小時，不過小警員又整理了將近兩個小時。

他顯然不很勝任，一會兒抓抓頭，一邊停停寫寫，還在考慮字句，一張筆錄已經讓他塗抹掉一半。

我實在忍耐不住了，附頭過去想看他寫什麼。

他抬頭看看我，老實不客氣地問：

「你知道教唆那個唆怎麼寫嗎？」

我現在總算知道為什麼報官、打官司、訴訟要花那麼久的時間了。

等他好不容易寫好了，讓我看，我們開始討價還價起來。

「我沒有說教唆憲兵幫我拿行李，你不能寫教唆。」

「可是一般都是這樣寫的，我已經從串通改成教唆了，」他翻出舊案給我看，一副無辜的表情，「你不要跟別人不一樣，省省麻煩好不好？」

「不行，這樣我不蓋手印。」

他又抓抓頭，「這裡有一個案例，有別的說法，哼，這樣，如果你嫌教唆不好，改成唆使怎麼樣？」

「不行，不行，那更糟糕。」我再往下看，「我也沒說過憲兵常常利用私人關係夾帶行李通關。」

「這是重點，反正已經有一次嘛，就算常常。」小警員相當堅持，「這樣，我前面把唆使改成請他幫忙，後面那一段保留。你就蓋手印，幫幫忙，就算給我一個面子。」

7

蓋完手印之後，他們讓我連絡部隊的人。我打完電話後在航警站門口等著，可有一些擔心了。好好的坐個飛機，禍從天上來。

有個小子神秘兮兮地衝過來撞了我一下，今天倒楣到底了，正要破口大罵，他塞到我的手裡一張紙條。我拿起紙條一看，很神秘地寫了幾個阿拉伯數字：

「9398452」

一、二、三、四、五、六、七。一共是七個號碼。到底是什麼密碼呢？我拿著手上還剩的硬幣，推敲來推敲去。終於想通了。

我把硬幣丟進公用電話裡，撥通那七個號碼。

「醫官，實在很對不起你，我連累你了。」果然就是那個憲兵的聲音。

「我搞不懂，怎麼會我違反了國安法，結果你沒事？」

「這算什麼國安法呢？他們航警哪一個不是這樣拿來拿去的，自己的長官，自己的親戚，自己的朋友，每個人都有通關優惠，法律上哪一條准許了？」

聽他這麼一說，我開始有點恍然大悟：

「你是說，你們憲兵和他們航警是不一樣的？」

「豈止不一樣，只差沒開打而已，」他擔心地問：「你行李裡面有沒有帶什麼違禁品？」

「怎麼可能呢？」我反問。

「那就好，他們航警一定很失望。」他停了一下，接著又說，「醫官，對不起，這其實是我們憲兵和他們航警之間的事。我們彼此鬧得不開心，彼此互相找麻煩。這回我幫你的忙，他們以為走私或者什麼的，以為抓到我們的辮子。不好意思，把你牽扯進我們的恩怨了。」

「可是他們又不抓你，我違法了，被拘留在這裡？」我問。

「我們沒有違法，充其量是怠惰職守。」他在電話那頭笑了笑，「真要安個罪名就抓人，我們在機場的人不比他們警察少，誰抓誰還不知道呢？」

「你現在在哪裡呢？」我問。

「我在營本部。準備坐船回台灣，一會兒就動身了。」

「回台灣？」我可開了眼界。

「我們營長調我回去的。除非這件事上了法庭，否則我人不在澎湖，他們拿我沒皮條。」

「那我該怎麼辦？」我問。

他在電話那邊停了好久，然後答非所問地告訴我：

「我和你連絡，主要是要向你說，對不起。」

對不起？掛完電話，我愣住了。

「怎麼樣？部隊裡面有沒有人來？」有個警察問我。

看來現在全世界只有我一個人是有罪的了。

「你知道什麼是國安法嗎？」我忽然好奇地想考考這個警察。

他攤開雙手對我聳聳肩膀，漠不關心地表示不知道。

8

有個關於那個年代的政治笑話。

一個政治犯聽完審判後，垂頭喪氣地從法庭走回監獄。

「怎麼樣？」他的牢友問。

「無期徒刑。」他說。

「那要高興才對。不是死刑。」

「可是我又沒有怎麼樣。」他不滿意地表示。

「不可能，」他們告訴他，「沒怎樣的是判十三年。你判無期徒刑，一定有怎麼樣。」

現在我們部隊的監察官來了，正和航警局長在辦公室密談。我卻不由得想起這個笑話。我還想起惡魔島的囚衣，古拉格群島的故事。我真的會被移送到高雄地方法庭，然後判刑十年嗎？

我可有些擔心了。

不久，我們部隊指揮官的電話直接打到航警局辦公室外面的大廳來了。

「指揮官好，」航警局長從辦公室走出來聽電話，「沒什麼大事，有些小狀況，我們處理一下，例行公事，辦個手續，你知道的……」

監察官也從辦公室裡面走出來，對著我說：

「他對筆錄不是很滿意，想改筆錄。」

「我說的都是實話，」我也不滿意，「何況大部分已經依照他們的意思改過了。」

「話是沒錯，照這個筆錄，還得牽扯憲兵。你如果帶些違禁品也就算了。你又沒有，他也拿憲兵沒什麼辦法。樑子結下來，對誰都沒有好處。眼前事情弄得這麼大，他下不了台。」

「下不了台是他自己的事。」

「問題是你人落在別人手裡。」

「那他的意思呢？」

「你就認個錯，說是你教唆的，也是你指使的，都是你策劃的。」

「問題是我又沒有，」我可抓狂了，「那我的動機呢？」

「那簡單，安插個不要緊的。像是行李過重，為了逃避檢查啦，或是帶違禁的刊物，」監察官看了我一眼，「我知道你寫小說的人，編這種故事對你應該不難吧？」

「可是那不一樣！我不能承認我沒有犯下的錯。」

「可是那是唯一的辦法了，」監察官看著我，很嚴肅地說，「你總得先認錯，他才能原諒你。你信得過我吧？」

我愣了一下。聽見航警局局長與指揮官的電話對話。

「人一定會放回去，是、是，請指揮官放心，只是一些例行手續。是，是，的確我們兩邊關係很密切，這我也知道。是，是，交通不是非常方便。我也覺得應該要檢討。」航警局局長點起了一支香菸，「有件事，不曉得指揮官能不能答應。像我們單位的人常常有事要過去你們單位辦理，要經過檢查。是不是將來只要憑證，就可以過去？還有軍公教福利社，是不是我們單位的人也能憑證使用購買？」

「媽的，雞肋！」監察官對我說。

「什麼雞肋？」

「雞肋就是你，食之無味，棄之可惜。但也要拿你換點什麼福利。要不然他白忙一場了？」

「那為什麼我要認錯？」

「總得有個人是錯的。要不然到底誰錯了？再說，他怎麼原諒你？」

「你怎麼知道他會原諒我？」

「那看他和指揮官條件談得如何了。」

我可迷糊了。

「嗯，嗯。我知道這茲事體大。不過指揮官你一句話，沒有什麼不能改善的嘛，你說是不是？大家都需要方便嘛。」談判似乎還在持續著。

「不是，不是，不是什麼交換，別這麼說，大家一起共事，指揮官你一句話，我人就放回去了嘛。」

「嗯，嗯，軍公教福利社的事與法規不合那我們可以再研究研究，不過憑證進入貴單位的事是不是可以立刻行文？是、是，醫官請他辦好手續之後，立刻就回去。嗯，嗯，醫官是很優秀的，我明白，貢獻很大……」

這時候監察官拍了拍我的肩膀，問我：

「喂，搞成這樣，你到底要不要認錯？」

9

折騰了近六個小時，我的事件總算圓滿落幕。

「自己好好反省，下次好好做人，知不知道？」航警局局長還與我握手。

我無法詳盡地說明其中的曲折，不過依照航警局官方說法是我因為企圖節省不到幾百元的超重費，教唆憲兵不經檢查攜帶行李過關。事發後念及我是初犯並且深知悔改，因此予以飭回，交由原單位逕行發落。

那時已經黃昏了。最後台北馬公往返的班機降落了下來。

我在基地的機場場面上見到指揮官。

「有沒有嚇到？」他停了一下。

「報告指揮官，是我不對，給你添麻煩了。」

他拿下墨鏡，語重心長地說：「這個社會有時候滿複雜的。」

「對了，你怎麼回台北呢？」指揮官忽然想了起來。

「報告指揮官，我的班機已經錯過了。」

「怎麼可以這樣？」他拿起對講機，「給我接航空站以及航警局！」

等他連絡完畢，轉過頭對我說：

「走，坐吉普車，我直接送你過去。」

「直接過去？可是還沒有通關？」

「你還要通幾次關？」指揮官笑了笑，「航警局會直接把行李送過去。你回到台北點一點，少了什麼東西我找他們算賬！」

我們竟然大剌剌地把吉普車開到飛機旁邊，航警局長已經恭候在飛機前了。

「你把機票給我，我幫你補辦手續好了！」說完他轉過身，笑嘻嘻地對指揮官說，「指揮官，你發來那個文已經收到了，謝謝你的幫忙，你做事真是俐落，我們方便了許多。」

「哪裡。彼此、彼此。」指揮官也冷冷地對他表示。

我忽然想起電影畫面一手交錢、一手交貨的黑社會毒品買賣。無限嫌惡自己竟是其中的一個角色。

我向著指揮官行了一個再標準不過的軍禮。走上飛機，回過頭來，看見航警局局長笑嘻嘻地對著我揮手再見。

在飛機轟轟的引擎聲中四面八方的風吹來。

機艙裡的人都好奇地看著我這個遲到的貴賓。從罪犯又變成了貴賓，我更加迷惑了。

明天還是要繼續

我記得我剛入伍受訓那個年代，六、七百個學員分成五個連，只在營集合場前有一個大浴室。六、七百個人操演了一天，都要洗澡，一連一個梯次洗澡，五個連一共只有一小時時間洗澡。

標準的「戰鬥澡」是三分鐘。整連的部隊只穿著內衣褲、拖鞋，帶著臉盆、毛巾、換洗內衣褲，先在營集合場集合完畢。等到班長一聲吆喝：

「就定位！」

大家拚命往浴室衝。所謂浴室其實只是幾個大水池，差不多及腰的高度。一進浴室，先搶架子擺放內衣褲，免得濺得濕答答，再來趕緊脫下衣服，搶個舀水方便的戰略位置，在水池前站好。

「梅花梅花滿天下，」等到班長用他的破鑼嗓子開始發音唱歌時，一場大戰立刻蓄勢待發，「預備，開始。」

所有的人就開始齊聲高唱。

梅花，梅花滿天下，有土地就有它，冰雪風雨它都不怕，它是我的國花……

接著是牛車似的「梅花」進行曲、急促的潑水聲以及臉盆撞擊聲之間的對位三重奏。這一首歌，就是我們洗澡的時間了。光陰似箭，歲月如梭，一首歌快唱完，哨音大作，空襲警報似地，雜著班長高八度的聲音：

「還洗，還洗，三十秒內，浴室見不到任何一個人，沒洗完的人看我怎麼修理你們……」

只見一陣狂亂，大家滿架子抓內衣褲、毛巾。

在浴室外面早有另一連的人馬守候，蠢蠢欲動，準備衝進去了。

從浴室奔跑出來的人，披頭散髮沿路還濕答答地滴水的人，穿著內褲邊跑還邊穿內衣的人，穿著拖鞋大摔一跤的人，從驚慌失措的神色看來，你一定以為浴室失火了……

「清點裝備。」班長高喊。

這時候一定有很多問題。

「報告班長，學生多了一條毛巾，內褲不見了！」有個戴眼鏡，看起來就是很迷糊的學生。

毛巾是白色的，內褲也是白色的，兵荒馬亂的，可以想像。

「誰少了一條毛巾，多了一條內褲，拿來洗臉的？自己舉手。」班長問。

士可殺，不可辱。沒有人舉手。

「哪個人？誠實舉手。班長說沒事就沒事。」

只要是開過榮譽團結建議討論會，竟然真的對幹部提出建議、批評的人都知道後果。

果然還是沒有人舉手。

「戴眼鏡的，你過來，自己的問題自己解決。」班長把戴眼鏡的人叫到身邊耳語一番，等他點點頭之後，當眾宣布，「我們給他十秒鐘！」

只看到這位兄弟領了軍令之後偷偷地潛入浴室。

浴室裡面另一連的人馬唱軍歌混合著唏哩嘩啦的水聲，洗洗刷刷正是熱鬧。

十、九、八、七……

所有的人像看籃球比賽終場倒數計時一樣齊聲大喊。

「我愛中華，我愛中華，文化悠久，物博地大，開國五千年，五族共一家……」他們唱的是〈我愛中華〉。

五、四、三、二……

情勢相當急迫，緊張。

「嘩！」就在我們倒數計時結束前，這位兄弟神不知鬼不覺從浴室中成功地衝了出來。

他一直衝到我們的隊伍前面，才把偷到的那件內褲拿出來，像件戰利品一樣高舉搖晃，接受我們全連的歡呼。

我很佩服中國人處理問題的本事和能力。幾乎同樣的事每天都要上演一次，竟然還能相安無事，直到我離開那個中心為止。那是我搞不懂的事。

另外還一件我搞不懂的事是，我以為我不再會遇見類似的事了，沒想到那才只是一個開始而已……

一

在我退伍很久以後的某一天早上，有幾部吊車停在我親愛的老婆執業的牙醫診所前面，從吊車裡走出幾名壯漢。

「對不起，我們是環保單位，來拆招牌的。太大了，違反規定，」他笑嘻嘻遞出一名片，「奉命行事，請多包涵。」

拆招牌？聽起來像開武術館有人來踢館了一樣，可是他說得像收水電費那麼輕鬆容易。

「招牌都掛好幾年了，怎麼忽然就說要拆了呢？」

「美化市容嘛，政策，妳也知道的，會改嘛。現在剛好是這麼改，所以得拆招牌。」

我親愛的老婆滿臉疑惑。她隨著這位官員走出診所，望著整個街道上滿滿的招牌，不敢置信地問他：

「你是說，現在我們忽然有一個政策，全台北市像我們這樣的招牌，統統要拆掉？」

「是啊，這些工作我們都必須留下紀錄備查，很仔細，不能馬虎的。」這位官員指著拿相機照相存證的許多工作人員，翻開一本貼著許多相片的紀錄本，一再保證。

整條馬路上站著很多店家的老闆，早已經是一片騷動了。

「喂，你看台北市哪一條馬路沒有招牌，為什麼先拆我們這邊呢？」

「這妳要去問市政府，他們有一定的規劃，」那名官員莫可奈何地搖搖頭，「我們只是奉命行事。妳想想，拆招牌是很辛苦的事，我們會吃飽閒著沒事找事？」

「好歹你們事先通知一聲嘛，就算槍斃也要有個宣判文。」

「事先都有通知書，」這名官員斬釘截鐵，「而且你們還簽過名。」

「這就奇怪了，我們沒簽過什麼名。」商店老闆紛紛表示。

「有，絕對有。」官員胸有成竹地說，「我去把你們的簽名都拿出來看。」

2

我們在衛生勤務學校受訓有三個月，主要學習野戰相關的醫療救護。包括擔架操作、傷患後送以及急救處理。

如果你以為所謂擔架只是把它打開，放傷患上去，然後趕快抬走，那你完全錯了。我們花很多時間學習擔架操作。

首先，你得先學單兵持擔架，放擔架。接著是持擔架立正、稍息。向左轉、向右轉、向後轉。然後學持擔架敬禮、持擔架行進間遇長官敬禮。

做完這些基本訓練之後，開始有花招了。

兩人一組持擔架、放擔架。接著是兩人一組抬擔架立正、稍息、就傷患，兩人一組抬擔架向左轉、向右轉、向後轉。

向左轉、向右轉在單兵基本訓練操中是兩動，在兩人一組擔架操中是四動……

「等一下，兩個人抬著擔架，擔架上面躺著一個傷患，趕緊跑回救護站都來不及了，哪有時間向左轉，向右轉？」

如果你膽敢提出這麼大逆不道的問題，我保證你招惹教官滿臉顏色。

「你們是來受訓的，不是來問為什麼的。幾十年手冊都是這樣規定，要有問題，別人早修改了。你們這些醫科學生，自以為比別人聰明？」

再學下去你連問題都問不出來了，兩人一組抬擔架立定敬禮，兩人一組抬擔架行進間遇長官敬禮。

接著花式繁多，有三人一組的玩法，還有四人一組的玩法，其壯觀程度絕不下於民俗技藝團。最複雜的動作是四人一組抬傷患就救護車。如果我沒記錯的話，標準動作應該有十六動。每個人要學習四個方位，所以一共是六十四動。

等到我差不多學會了這些，開始分發抽籤。我抽中了空軍單位。空軍是在天上飛來飛去的，沒有衛生連、沒有長官要來讓我們抬著擔架敬禮，更沒有精采刺激的野戰好讓我們去後送傷患。我的職責是看門診，守在飛機場等飛機掉下來。

「那很好，一向都是如此，」教官很自然的表示，「以後你們這些抽中海軍空軍的醫官就當模擬傷患。」

接下來的訓練是最吃重的部分。模擬實際戰場上傷患後送的狀態，怎麼對戰場上傷患做緊急救護，如何抬上擔架在火網之下後送，開設最前線醫療站，做檢傷分類，選擇嚴重的病患後送……

那幾週，吃飽飯，開始上課，我就躺下來了。任所有的人抬來抬去。有時候張開眼睛看外雙溪的雲彩，有時候則閉目養神。幾個禮拜，差不多把原來學的擔架操忘得一乾二淨，我還是原來的我。

我到空軍單位報到的時候，該單位指揮官接見我，他第一個問題就問：

「你們來之前受了很多軍事醫療的訓練，到底都學會什麼東西？」

「當傷患。」我據實以告。

「什麼？」指揮官顯然沒聽清楚。不過他可睜大眼睛了。

3

等到第一個招牌被卸下來時，有個店家老闆想了起來。

「對，對，我記得好幾個月前，有個警察來過，要我們簽名。」

「簽什麼名？」我親愛的老婆問他。

「有啊，妳記不記得，」老闆比手劃腳，「他說，你們這一排商店招牌統統不合格，我來通知你們一聲。你們知道了。簽個名。」

「啊，我想起來了，是不是個年輕的，矮矮的，」我親愛的老婆也跟著比手劃腳，「我還問他簽名會怎麼樣？他說例行公事。」

「對，他也是這樣說的。簽名表示你們知道了。還說沒事，幾十年都是這樣，不可能怎麼樣。」

「他怎麼可以這樣呢？他應該把通知書給我們。至少我們可以事先想想辦法。」我老婆表示。

幾個店家老闆三言兩語，弄清楚了這個警員姓曹，決定打電話到派出所去理論。

「你們應該看清楚再簽名啊。」電話那邊派出所的標準回答，「我們要通知那麼多事，業務那麼多，可能有不周到的地方。可是你們起碼要看清楚，不能隨便簽了名再來後悔。如果是支票、信用卡，那怎麼辦？再說，我也不是經辦人……」

「那你找那個經辦的人出來，他姓曹。」老闆理直氣壯地表示。

「姓曹？我們沒有這個人。」

「不可能，就在差不多四個月前……」

「你說四個月前，我幫你看看，」對方停了一下，似乎是在翻資料，「有，是有個曹警員。不過兩個月前已經調走了。」

「他調到哪裡去？」

「對不起，我實在不能告訴你，」對方很客氣地表示，「不過你們名都簽了，拆除隊也來了，真的還要追究恐怕也不能怎麼樣。再說本來招牌就違反規定……」

等店老闆像只洩了氣的皮球掛掉電話，環保官員拿著一本簽名簿振振有辭走過來，他神采奕奕地說：

「我就說嘛，你們全部都有簽名，還說沒有，來，都自己來指認，看看是不是你們自己簽的名。」

嘩——

又有招牌卸了下來。街道看起來的確是清爽了許多。

「照相禮服，牙科，燈飾，照相打字行，電話器材……」

他像點名一樣，沿著街道，一家一家指認簽名。

「咦？怎麼沒有餐廳？為什麼他們的招牌不用拆？」是我親愛的老婆最先發現事有蹊蹺。

全部的店家老闆都仰頭看著那個高四層樓的餐廳大招牌。

「他們還要經過通知的程序。因為作業的關係，我們作業只通知到今年三月以前設立的商店，餐廳是今年三月以後成立的，所以還沒列入拆除通知，因此不列入這次拆除的範圍內，」這位官員一再強調，「我們絕對依法行事，一點都不馬虎。」

「你是說，等你們把台北市所有三月以前搭建的招牌都拆完了，之後發通知給我們，然後才能拆招牌？」說話的是餐廳的老闆，像中了統一發票特獎般，掉進連自己都不敢相信的幸福中。

「法治國家，一切都要講程序，這是不得已的事，一定要這樣……」環保官員笑笑地表示。

4

醫官在部隊中自然就是心肺復甦術的教官。所謂的心肺復甦術，就是我們常說的人工呼吸加上心臟按摩的合稱。老實說，一個病人如果到了這個地步，多半是十分緊急，而且生死交關。

不過我在部隊的教材顯然和醫院學到的東西大不相同。

我相信一定曾經有過一個天才前輩，把它設計成像基本教練那樣的形式。

首先，必須是「口令：心肺復甦術。」單兵聞口令立正站好。

然後是：「單兵就傷患。」單兵就正確的位置，一共有四動。

活人的心臟是不能亂壓的，因此操作時，就在地面上劃出一個傷患大概位置。單兵依教材上的指示，一邊做動作，一邊唸類似這樣的口訣：

「雙眼平視，觀其有無呼吸，聽其有無脈搏。」

「側頭，清除口中異物，一手捏鼻，深呼吸，以口就口，吹氣。」

然後是心臟按摩，與呼吸以五比一的方式交替進行：

「一、二、三、四、五，二、二、三、四、五……」

這樣把一連部隊的心肺復甦術訓練成體操或者是打莒拳似的表演當然很壯觀。不過真正要派上用場效果實在值得懷疑。

我的看法很快得到上級的重視。花了錢全面性地添購新教材。新教材是個模型人，可以當成傷患。當你正確地執行人工呼吸時，模型會亮起一個綠燈。做對了心臟按摩，它會亮起一個紅燈。因此可以用來作自我評估學習的效果。

立意雖好，不過這個紅燈、綠燈亮不亮很快被用來作全軍性心肺復甦術教育比賽的評估標準。

很有趣的，我們發到的模型壓正確心臟按摩位置，紅燈不會亮。不曉得是設計，還是當時採購的原因，經過我反覆測試，終於發現必須壓靠近肝臟的位置紅燈才會亮。

眼看全軍比賽在即，事關本單位榮譽與個人的榮譽假，經我幾次與上級聯勤單位溝通無效後，決定將我們所有的人員從「心肺復甦術」改訓練成為「心肝復甦術」的高手。

比賽當天，眼看著紅燈綠燈閃閃發亮，來測試的長官嘖嘖叫好。後來果然勇奪全軍冠軍。

事後有個不同單位的醫官向我抱怨他們的模型不敏銳，常常壓對了位置不亮，以致影響他辛辛苦苦訓練出來的成績。我跟他一起去察看，把他的模型拖出來，接上插頭，二話不說，直接做肝臟按摩。壓了一百下，果然就是一百閃熠熠發亮的紅燈。

我立刻知道為什麼我得全軍冠軍了。

5

拆除工人小心翼翼地把招牌弄下來，避免把它弄壞。

「招牌你們自己要收起來，不然明天另外一組的人來檢查，起碼要罰一萬元。」環保官員很好心地告訴我們。

不過問題是高達三層樓高的招牌如何收起來？

等到差不多拆除了這條街大多數的招牌時，就有個好心的廠商過來了，他鬼鬼祟祟地說：

「你們要不要處理卸下來的招牌？」

「怎麼處理？」我問。

「再裝上去是一萬五。拿去丟掉是一萬。」他表示。
「等一下，你說再裝上去是怎麼回事？」我親愛的老婆問。
「明天就可以再裝上去了。」他很自然地說。
「不是才拆下來嗎？怎麼明天就可以裝上去了呢？」
「他們拆下來，有照片為證，那些人拿回去報告，就可以了。他們才不管你裝不裝上去。」
「可是萬一明天他們回來查到，怎麼辦？」我可迷惑了。
「就算他們回來查，也不能怎麼樣。他們包工拆招牌，每天有每天的進度，預定的進度都做不完了，哪有多餘的力氣？他們自己也有他們壓力，天下哪有人存心和自己過不去？包工拆除的廠商和我們很熟，我們都很清楚，評估過的，所以才來做這個生意。純粹是幫忙，要不是整批做，哪有這麼便宜的價格？」

「可是已經不合規定了，再裝上去？」

「又不是刑法？你還怕被抓去關不成。」廠商冷笑了一聲，「要合法也簡單，你明天掛上去，依法就是今年三月以後設立的新招牌。你不用擔心啦，他們一天拆十個招牌，等台北市所有三月以前設立的招牌都被拆光了再來發通知給你們，不知道已經換過多少總統，多少市長了？」

我看著拆下來的招牌相當完整，難得地沒有見到任何破壞，恍然大悟了解其中的玄機。

「你就快點作個決定吧，我去問問別人，如果一起掛的話，搞不好還可以給你們打個折扣。」估價的廠商，敲敲我們拆下來的招牌，嘖嘖地說，「這個招牌至少也得十萬塊吧。掛起來一萬五，丟掉一萬，差五千，怎麼算怎麼划算！」

6

讀者應該知道，我們有部不一定發得動的救護車。

我們向上級爭取了半天，最後終於有了反應，決定給我們全新的——救護，別高興得太早，是救護箱。最新的救護箱是從德國進口的，裡面有全套最新進的急救藥品、器材以及設備。據說全國只有兩個單位有這麼先進的急救箱。

至於為什麼申請新的救護車，卻來了最新救護箱，這是我們不明白的事，也許主管單位覺得應該是差不多的東西吧。

有一次，我們的醫務兵不小心打破其中一瓶藥品，發現事態嚴重。因為在全軍裝備檢查之前，我們找遍全國後勤單位，找不到相同的藥品補充。來督察裝備的長官可不以為然，他們表示：

「每個單位都有每個單位的困難，我不管困難是什麼，我們所以存在，就是為了解決問題。」

那年裝備檢查，我們醫務所被記了一個重大缺失——藥品缺乏。為了這個缺失，我損失了好多榮譽假，也害得我的主任差點不能升官。於是我們明白了一件事：

原來藥品是拿來看，不是拿來用的。

至此我們把那些藥品像祖宗神位一樣供奉了起來，誰都不准亂動。

然而過了一年，新的年度裝備檢查再來，我們發現那些藥品使用時效統統過期了。

「怎麼辦？」我的主任踱來踱去，「藥品過期是比藥品缺乏還要嚴重的缺失。」

「既然全國只有兩個單位使用德國製的救護箱，那麼問題應該是一樣的，」我心想一不作二不休，「督察官一定也沒見過德國製的救護箱什麼樣子，我們乾脆連絡另一個單位把使用時效的標誌統統刮掉。」

那一年我們終於成功地通過了裝備檢查。當督察官問起使用時效標誌的問題時，我面不改色地回答：

「報告長官，德國人很糟糕，這種德國製的藥都不標示使用時效的。」

督察官半信半疑，等他到另一單位發現他們使用的德式救護箱的藥品也有同樣的情況時，完全相信了我所說的話。

從此我們開著破舊的救護車，最新的救護箱，以及過期的藥品，跑來跑去。有一次，我們救護車上遇見一個陣發心房性心搏過速的病人必須緊急處理。在德式的救護箱內就有一瓶鈣離子拮抗劑是很好的處置藥物。正當我要打開那瓶注射針劑使用時，被我的主任及時阻止：

「那個藥，不能使用！」

他命令駕駛把救護車停在藥房前，自己進去買了一瓶傳統的交感神經拮抗劑給我。

是啊，我一急忘了那些都是過期不能使用的藥。就在我為主任高尚的情操感動不已時，他淡淡地說：

「過期歸過期，你把那瓶鈣離子拮抗劑用掉了，下次來檢查，我們拿什麼給人家看？」

有了這些經驗以後，我們的確學會了不少事情。在我快退伍前沒幾個禮拜，總部對我剛報到時申請新的救護車終於有了反應。我們收到公文表示目前總部採購了幾部最新的德國ＶＷ救護車，優先配發給原有救護車車齡最久，或者不堪使用的單位，請各單位提出申請。

德國的救護箱都天翻地覆了，真的來了德國的救護車，那還得了？

接到公文，我的主任和我，異口同聲地說：

「不要！」

7

隔天一大早，拆除招牌的工作移到轉彎的馬路上，仍然如火如荼地進行下去。

這條昨日才受到蹂躪的馬路已經開始展開復建工作。我看到另一批工人正忙碌地把招牌掛上去。

如果剛好在某個亮麗的清晨，你經過兩條相接的馬路，轉個彎，熱熱鬧鬧地一邊有人拆除招牌，一邊有人在掛設招牌，兩造相安無事。你一定不明白。

我站在那裡看著這些事，想起了我所經歷過，寫出來，或者沒有寫出來的一切。如果你是那個不明白的路人，老實說，我也比你好不到哪裡去。

「你到底要不要掛上去？」廠商最後一次問我，「別人都掛好了。再不決定，我們就不管了。」

我忽然有種逃離這一切的衝動。

我轉個彎，跑去問拆除大隊：

「你們願不願意幫我們把卸下來的招牌拿去丟掉？」

「我們是可以順便幫你拿去丟掉，」被我問到的年輕人顯然嚇了一跳，「不過你是第一個。你要不要再想一想？」

他壓低了聲音，問我：「難道沒有另一家廠商找你談掛上去的價碼嗎？」

我搖了搖頭，告訴他：

「覺得很醜，想把它丟掉。」

「幹！總算拆到一個爽的。今天不用錢，我免費奉送！」他很乾脆丟下手套，大聲招呼吊車司機，「阿榮，過去轉彎角幫這個先生把他們的招牌拿去丟掉！」

等他們真的把招牌拿走，除了我們掛招牌的地方以外，整條道路又恢復了昨日招牌林立的樣子。

明天還是要繼續。

現在我走進診所，面對我親愛的老婆——牙科診所的老闆，我得開始用最美麗的言語為自己的行為辯護，然後還得安撫她：

「我覺得以妳這麼高超的技術，病人對妳的愛戴，那塊招牌實在配不上妳，再說，所有的病人都衝著妳來，誰還管那塊招牌……」

卷二

風過澎湖

風過澎湖

清晨還沒睡醒，風在寢室外頭呼呼地颳著，棉被裡還是一片溫熱。毛玻璃外面遠遠懸著一條海平線，波浪在風裡，也在睡醒之間的夢裡。一切倒像是自來水公司負責供應，窗戶一開，風流進來，風景也跟著自動流了進來。海在視界很遠的地方，牽扯不上什麼。只是每天都看見海面變化，總覺得天地也有它自己的心情。風平浪靜時，天空一片蔚藍無垠，晴空水色逼得近，水平線只剩薄薄一層膜。港灣風帆都出了港，這時準有人到處央託管膳食的士兵，額外買回新捕捉的螃蟹、蝦蛄頭等時鮮，準備大快朵頤。有時天色陰霾，一片濕氣，風鼓著浪，閃現一波一波的白影。終日淒風苦雨地，彷彿背後不時跟著什麼人，灰著臉，一轉身，就要發作了。日子繼續過下去，風浪更大了。這時並不需擔心，這不過是澎湖的冬天。

沒到澎湖之前，早盤算好，澎湖大小島嶼一共是一百個，二十一個有人島，七十九個無人島，扣除差假回台灣，一個假日玩它一個島嶼，一年十個月下來，差不多把澎湖旅遊一周，我也接近退伍了。

提著行李下飛機，還來不及把一切整理就緒，就忙著詢問資深軍官，公車怎麼搭，汽船怎麼搭，風櫃、鯨魚洞、跨海大橋、西台古堡怎麼走，一臉興致勃勃。資深軍官看我那麼熱中，用不解的眼神說：

「你真的那麼有興趣？我倒覺得澎湖最無聊了。上次我離開基地到馬公去是什麼時候？嗯，都快三個月了。」

「你說你窩在基地裡已經三個多月了？」我睜大了眼睛。

「基地有什麼不好？白天辦公事，休息時有飯吃，有床可以睡，免得風吹雨打的……」

「這有什麼稀奇？」另一位軍官也附和他，見怪不怪地告訴我：「從春天到現在，除回台灣外，我沒離開基地大門一步。」

那時中秋節才過不久。趕在冬季東北季風吹起來之前，還有最後的一批遊客。穿著帥氣艷麗的年輕小伙子，得意洋洋走在街道上，呼朋引伴。鬆鬆散散的旅行團，集合在這裡拍照，又集合在那裡拍照。手裡提著土產的阿婆們，嚮導帶著從天后宮走到關帝廟，一邊東張西望，還得留意隊伍，生怕迷路。到了晚上，休假的士兵離營出來，滿街白白、綠綠的水手、阿兵哥，到處閒蕩。

川流的人潮流來流去，馬公市上商號的招牌、霓虹就是最艷麗的河岸了。從繁華的台北市來到這裡，馬上可以感覺島嶼的淳樸。馬公的裝潢、霓虹是一種模仿，窮人家裝起笑臉來歡迎有錢人的那種快樂與世故，千萬當不得真。當然，如果只願意做個觀光客，走在街道上，有許多吸引人的事物倒是真的。好比成堆的貝殼、做成燈籠的河豚、小孩那麼長的大魚乾、三兩步一家的文石店、旅遊廣告看板、照相公司……一不小心，自己就會傻愣愣走進去那些店，抱了許多東西回來。回到寢室好久才能清醒過來，買這些東西到底要做什麼？

慢慢來回馬公市，學得了當地人的傲骨，不再稀奇了。原來稀奇的事是給觀光客看的，當地人不屑那樣的大驚小怪，彷彿他們有更要緊、更深沉的生活要過。丟掉種種浮面的想像，把生活當生活過時，馬公只是一個普通城市，小島上最大的普通城市。去馬公買方糖、買奶粉、買汽油、買信紙、郵票，去買一些生活回來過。至於喝咖啡、跳舞、看電影、吃海鮮火鍋，那是另一回事了。

褪去了脂粉，澎湖只是一帶乾乾淨淨的群島。整個島嶼沒什麼高地，風很容易就從這頭呼嘯到那頭。地面上處處種著木麻黃，向著風面成列排開，傻愣愣地立著，像罰自由球，對方球門前的人牆。坐著客運汽車看過去，樹都讓風吹成一個曲度，受風面像著火般燒得焦黃。大地上作物早收拾得乾乾淨淨，整個畫面是粗獷線條與灑脫的色塊構成的調和色系。造物者曾經在此鬼斧神工地鑿下了犀利的天地幾何，曾幾何時，風雨來過，浪潮來過，幾番世事滄桑經歷過，變成溫婉，變成了敦厚。

咾咕石疊成的短牆，曲曲折折羅列在地面上，畫出自然與人文的疇野。一個初來的軍官看著石頭，告訴我：「哎呀，這些都是珊瑚的化石，幾千幾萬年了。」

他撿著一塊當寶貝帶回家，得意洋洋。我倒沒那麼開心，歷歷入目，都是生命與時間抗衡的痕跡。我看到了破舊的老式建築、傳統的斜簷拱頂，我還看到了叢生的綠色仙人掌，長著刺，躲在背風的斜坡，嚙鼠吃不到它，風也吹不倒它。韌度極強的生命以及人文，在自然凌虐不到的角落，戰戰兢兢地延續著。

有關心星象天文的朋友，指著星座教我辨識，還語重心長地告訴我：

「沒有什麼是永恆的，愛情、事業、朋友……我相信星星，至少在你活著的時候，星星不會改變。」

我坐在曠野裡，看著星星對我眨眼，看著那些幾百年前發出來的光，看那些死去的星球。星星愈看愈大，而後面那一片黑幕，有無窮無盡的迷惑，我再說不出一句話來。活在城市裡面，沒有這麼大的星星可看，也沒有這些不知名的什麼如此靠近你。人們有好多事要忙，人際、愛情、事業、勝負得失……活得雖累，卻有一種不知不覺的幸福。

風不分白天夜晚不停地颳著。漸漸你習慣澎湖的風也認識了好多奇奇怪怪的人。可是澎湖並不僅僅是這樣。

風真正來時，是整個太平洋都搬過來那番氣勢。入了夜，相互撞擊的風像是澎湃的波濤在窗外發著怒吼。整個基地停了電，世界掉入黑暗的宇宙洪荒之中。不時你可以聽到遠方傳來颱風敲破玻璃的清脆聲響。

水從石砌的牆壁間滲透出來。人又回到最原始的恐懼，敬畏風火雷電，天地鬼神，害怕有一天，他們別過臉去，便把我們拋在這裡了。基地只剩下塔台的光，無聲無息地迴旋著。那光每隔一陣，掃過寢室的玻璃，拉出家具長長的影子，鬼影幢幢，跳起舞來了。

值勤的士兵，屈著身，手牽手走進風雨裡。牽著手的男生，變成幼稚園去郊遊的孩子，找回人與人之間最單純的相互關懷。從窗戶看過去，風看得見，雨看得見，幾個大男生也看見。一把微弱的手電筒在地面照著光。整個世界就要沉淪了，那裡仍有一道微微的光。漸漸走遠了，光變得好渺小，終於讓黑暗吞噬了。

氣候轉晴時，澎湖的容顏是個無辜的孩子，什麼都沒發生過。雲無所謂地泊著，飄過來，又飄過去。不關痛癢的一些什麼，忽然讓人莫名其妙地想到處走走。那時觀光客都已經遠了，只剩下澎湖一個個淒清的島嶼。走在柏油路上，好久遇不到一個人。有時候在路的盡頭，遠遠地看到一團黑影，漸漸近了，才知道是個人，一個女人，蒙著臉，在風沙裡慢慢地走過來，只露出一雙眼睛骨碌地看人。

到處去義診看病，見過許多多皺紋的面孔，藏在包巾裡面，拆了下來，又包回去。皺摺的面孔底，許多的心情是島嶼特有的。漸漸你也能理解到孩子必須到台灣讀書那種割捨的心情、捕魚失事的悲慟、慢性疾病的悽楚、焚香拜佛的虔誠……還有更多瑣瑣碎碎的情緒是亙古的，人類文化一直就是那樣的問題，還有不和的婆媳、失養的老人……夫妻間的爭執……

站在跨海大橋的一端，遠遠看過去，簡直看不到盡頭了。海峽的風無盡地翻滾，橋下是洶湧的浪濤。有個朋友告訴我：

「有一次我和女朋友騎著機車從西嶼看完落日回來。那時天黑了，你不曉得跨海大橋有多可怕！風啦，浪啦，黑暗啦，什麼都看不到。我們加快了速度往前跑，緊緊抱在一起，」他再三強調：「只有我們兩個人和我們的愛情，其他什麼都感覺不到了。你知道嗎？」

我知道嗎？我不免要質問自己了。愛情、死亡、恐懼，這些人生永恆的課題與永恆的謊言，誰又知道呢？

他們指著風櫃海岸，興奮地說：「光緒十一年二月十三日，法國孤拔將軍乘『拜亞德號』，率兵一千五百人，從這裡登陸，激戰了三天三夜，死傷不知有多少。」我看著驚濤拍岸，聽到狂浪的風在耳邊呼嘯。彷彿也感覺到千軍萬馬，擂起了戰鼓，正嘶喊拚殺，打著千年萬年不眠不休的戰爭呢。

歷史有好多的心情，好多故事要告訴我們。從隋煬帝大業六年，陳稜略地澎湖；到南宋隸屬泉州晉江；元朝設立巡檢司；倭寇來過；荷蘭人也來過；然後是鄭成功、鄭經、施琅、沈葆楨、劉銘傳……斑駁的城牆，赤鏽的砲台、古堡，明明白白地刻著那些年代、銀兩、功績以及風發的心情。想想歷史也不過是轉瞬間的故事，很快只剩下一堆破舊的磚塊，城牆不再堅固，火砲也不再兇猛。或許只有那一成不變的狂風、怒濤，變幻的雲空與荒涼的大地才是真正的歷史，真正的遺跡吧。

風揚起滿天塵沙，在紅塵裡走著想起人情世事，許多悲歡，竟變得無可奈何了。再往前走，天地之間只剩下你一個人。你變成了自己的精靈，淡淡地俯視自己的一生。不知為什麼，許多情節、懸疑，忽然不再那麼重要了。走著走著，單剩下情緒的記憶與風景，你自己變成了風景的一部分。

或許生活才是真正要緊的吧？從公共汽車看著流動的窗外，歷史不過是消失在風中的往事。溫熱不通風的車廂裡，人擠著人。那個互相爭奪、互相愛戀、互相需索卻又互相仇恨的人間世，總有好多事是放不下來的。我們都只是平凡的人，有許多平凡的渴望與憂傷。公車像我們的生命，一站一站開過去，載我們到不同的情境，許應我們不同的夢想。

時間再過去，冬也就深了。走在馬路上，總得屈著身，使勁和風相抗拒才行。除了偶爾呼嘯而過的客車，島嶼上再也見不到一個人了。那時候，我們都學會了不愛出門，蟄伏在基地裡面自給自足地生活。偶爾有人泡起熱茶，我們便溫熱地端著品茗，遙望海面，想起在台灣的親人。

風沒完沒了地吹著，吹久了，人很容易產生錯覺，以為風停了，其實還在。有時清晨醒來，風真的停了，心裡一陣興奮，趕緊推開窗戶去看。那時氣溫很低，到處都是白茫茫一片霧。不到正午，霧散去，風又開始吹了起來。

總有人會開始先抱怨：「在澎湖冬天看了三個月的女孩子，還不如在台北街頭看一個小時。」

風持續地吹著，日曆撕得很慢。澎湖的冬天也和往常沒有什麼兩樣。春天其實還很遠。

冬再深，不知為什麼，大家又不約而同地開始懷念起觀光客來了。

熱線 你和我

每天晚上一過七點鐘，值星官室兩架自動電話機總有許多人排隊在等候。從澎湖電話打到台北五秒鐘一塊錢，夜間是十秒鐘一塊，這個錢不能不省。

沒服過兵役的人一定納悶地要問，既然大家都有需要，何不廣設線路，以利通訊呢？一提到通訊，敏感的人馬上反應過來了。這是鑑於保密需要，防止軍機外洩。所以在值星官室設立自動電話，賦予值星官監督責任，方便大家對外連繫，這已經算不得了的福利了。

因此，等候是絕對必須的。手裡拿著一大疊銅板，耐著性子聽前面的人滔滔不絕講一些廢話，嗯，好嗎？很好。真的。還可以啦。很想念你們，馬馬虎虎，過得去啦……聽著聽著火氣不免旺盛起來，想挺身出去糾正他，已經講過的話還重複，難道不曉得很好就是還可以，也就是馬馬虎虎，過得去，何必重複呢？可是這時候你千萬不要動氣，因為一會兒就輪到你上場。換了你也好不到哪裡去，你很灰心，原來人不過如此而已。

隊伍一排起來，長長一排，電話機上的人在聊天，排在後面的一群人也在聊。一時之間，人聲鼎沸。在電話的洗禮之下，誰先到誰排前面，所有定則都被打破了。隊伍裡面，可以依序是小兵、尉官、士兵、校官，尊卑不分。只有這時，人與人完全平等，不分階級。閒聊的話題不再是戰技、飛彈、飛機、高射砲這些國家大事。每個男人變得慈祥體貼，問來問去不外是嫂夫人可好？小孩子考上哪個學校？女朋友還吵著要出國嗎？這些事，聽著覺得很安心。假使世界上所有小偷、強盜、警察、律師、法官、叛亂份子，一起都來排隊打電話，大家聊天，聊著聊著或許這個世界會變得祥和太平也說不定。

為了方便大家打電話，預財室裡有零錢備換。每次官餉一發下來，

一、兩千塊的鈔票就去換成銅板，放在抽屜裡，一天抓一大把，每天每天電話往台灣打。別看一、兩千塊銅板很多，一下就見了底。那種時光過去得慢、錢卻花得快的感慨實在非常沉痛。

我們有一位單位主管，常感慨的說，一個月過去這麼慢，領到鈔票薄薄一、二十張。想到生命流逝，就換這幾十張薄薄的紙，實在很不甘心。後來他聽從我們建議，真的狠心去把兩萬塊官餉都換成硬幣，準備扛回家。這一換才知道不得了，一塊一塊硬幣累積起來，重達一百多公斤，分裝成好幾袋，用計程車運載回去。聽說他的孩子看到爸爸賺了這麼多錢回家，對爸爸真是肅然起敬。他們一家子也為這件事快樂了好幾天。這是關於電話的題外話。

生活在電話的時代，許多電話的印象實在是訴說不盡了。電話的發明，改變人類的生活型態，恐怕比什麼工業革命、資本主義、什麼思想，影響還要大。孔仲尼萬一活在這個時代，謀一官半職，大概只需撥個電話找趙王、魯王、梁王疏通疏通也就夠了。他的弟子聽不到他講道理，不知道都荒廢成什麼德行？真要有幸，欣逢孔子與君王打電話對答，隨侍在側，只聽到孔仲尼這邊的獨角戲，把話語都記錄下來，論語少說縮水一半。人說半部論語治天下，既然天下勉強還能治治，少了一半的文化基本教材，恐怕有許多人要暗自鼓掌慶幸？當然，壞處不是沒有，這種事，我不能太偏激。

不識字的婦人那種一面倒的快樂大概是沒話說的了。至少她不用費盡心思請人寫信，也不用自己關在屋子裡面畫圈圈。她只要拿出一塊錢，丟到電話機裡，撥對號碼，找出那個該解圈圈之謎的男人，唏哩嘩啦就開罵了。那個沒良心的，喂，人家想你都想死了，你也不會想回家看一看，你忘記了從前還沒結婚的時候怎麼說的……

大家共用一、二具電話，排隊等待，類似的玄想大概是難免的。既然說在軍中，就必須服從紀律。同生死同患難都可以了，個人的隱私權當然不算什麼，你認為沒有隱私權失去了生命的尊嚴，我也沒什麼話說。可是習慣了，大家公開，畢竟也有公開的樂趣，端看你怎麼想。至少你上場的時間少，看別人表演的時間多，計較起來，並不吃虧。

主管、長官也可以把電話當明鏡看待。有些士兵生性沉默，一個月難得聽他開口。這時候要打電話了，總不能再保持沉默。萬一他在電話機前面竟然眉飛色舞，滔滔不絕，如黃河決堤，這時你自己該檢討、檢討了。是不是該單位工作壓力太重？有沒有適應不良的問題？會不會是溝通管道不良？

硬是沉默到底的人自然也有，即使面對電話依然驢子脾氣，從頭到尾就是三句話轉來轉去，「沒錢了」、「因為花光所以沒錢」、「花光所以沒錢，請寄錢過來」。碰到這種情形，長官要知人善用，至少你別派這個人代表單位去參加演講比賽，還指望他得獎。古有明訓，觀其打電話，聽其所由，人焉廋哉，人焉廋哉？

儘管豎著耳朵聽的人只聽到這邊片面的對話，可是這些片段正好滿足大家懸疑推理的好奇，自行想像沒有聽到的部分。想像的結果，反而比你本身的故事還要精采。

一位少尉醫官對著電話說：

「妳還記得我嗎？嗯……嗯。真不好意思，我不知道妳有大夜班，這個時候打電話吵妳睡眠……沒有。沒什麼重要事。只是要告訴妳我來澎湖當兵了……上個月我休假回台北，在羅斯福路有看見妳喔……我是想叫啊，只是妳還有朋友……我絕對不騙妳啦，妳想看看有沒有？你們還到醫學圖書公司去買書有沒有……那個人是不是內科的總醫師，好像見過……這麼快，已經升主治醫師了，嗯。嗯。沒什麼事啦，問妳有沒有興趣到澎湖來玩？嗯……我們這裡風景很漂亮喔。不會。不會。一點不麻煩。我還可以幫妳訂機票，只要三十分鐘就到了……時間湊一湊嘛，我還可以拜託小可她們幫妳代班……我是想上次和妳鬧彆扭不好意思，快入伍了心情不太好，嗯。想補救、補救……飛機？不會，不會摔死人啦，報紙都寫得太誇張了……」

聽起來像是一個麵包大於愛情的故事。你可以推想這個醫師和迷人的護士小姐大概有過一段，可惜他還要服役兩年，時間那麼久，護士快讓主治醫師搶走了。這事聽起來覺得回生乏術，想著不免替他難過。全世界都知道他的下場了，只剩下他自己還不相信，猛投銅幣，慌張、掙扎，卻還得保持風度、禮貌，頻頻示好。

另外有一種人，打起電話氣勢十足，每次遠遠走近值星官室，就聽見他理直氣壯的大嗓門。排到隊伍裡面去，才聽清楚他原來不是和別人吵架。只聽見他說，妳看，澎湖風這麼大，雨這麼大，我不顧一切冒著風雨跑出來打電話，妳看我多麼關心妳？妳有沒有聽見風在吹？有沒有聽見雨在下？

起初，我對自己不太把握，總要回頭去看看。結果風沒看見，雨沒看見，倒是看到一群忍住笑容的人。反正他不在乎，我行我素。明明手裡還近一百塊白花花的硬幣，偏要故作忸怩狀，對電話那頭的人痛苦地說，好捨不得，可是實在講太久了，硬幣不夠了，要乖，要想我，再見，再見喔。

剩下的硬幣都拿到福利社去吃麵。一邊大吃大喝，還兼發表理論，理論的精華是，愛一個女人呀，對她好是沒有用的。女人是感情的動物，最重要的是要能讓她感動。你真的對她好，那保險你永遠沒完沒了，今天電話五十塊，明天一百塊，後天二百塊……她一點都不感動，永遠都不滿足。做人就是一點原則，別替自己找麻煩。

這些都是電話永遠的趣味。距離最遙遠，又最親密。沒什麼比電話隱密，卻也沒什麼比電話更公開。它是最無情的科技物質文明，可是卻把人性乾淨俐落地剖析在我們面前，勝過最好的文藝電影或小說。

沒當過醫師的人，可能無法想像電話像一個永遠無法癒合的傷口貼在身上那種切身之痛。偏偏在醫院的每個角落，天羅地網一般，處處都有電話。從前我當實習醫師的時候，住在醫師宿舍裡。到了三更半夜，電話鈴聲仍然此起彼落。聞者莫不驚心喪膽，生怕你房間那具電話耐不住寂寞也要啼叫起來。事情總是沒完沒了，有時候明明忙碌了整個大半夜，清晨四、五點鐘回到宿舍，想趁天亮前休息個一、兩小時，有多少算多少。偏偏頭一沾枕，催魂鈴再度響起。那時體會到上蒼原來也是愛開玩笑的頑童，心裡一股悶氣，真不知該從何發洩起。我就看過有氣不過的實習醫師，衝動地把電話機摜到地上去，扯斷了一條電話線捲捲的像豬尾巴。氣過之後，擔心病人萬一有事電話打不進來，又無可奈何地蹲回地上去接那摔斷的電話線。那幅大夫接線圖，真是人類對電話文明，又愛又恨的最佳寫照。

愛的人情話綿綿，熱線你和我。後面再長的隊伍，再多的耳朵在聆聽，都自動消失了。講話方式退化回幼稚園時期的語法，妳好不好啊？我好。快不快樂？快樂。嘻嘻，我告訴妳喔，再過幾天，我休假馬上就回去了喔……更有甚者，連話都忘記怎麼說了。硬幣連連投入，整個人愣在聽筒邊，只為聽對方播放一首〈I'll have to say I love you in a song〉（必須在歌中說我愛你），邊聽臉上表情萬千，活像默劇公演。聽完了，掛掉電話好久才清醒過來。計算花費，聽一首歌花了八十多塊，不免要吐舌頭，夠把吉姆‧克勞斯整卷錄音帶買下來了。怨的人恨不得吃電話的肉，啃它的骨頭。我認識一個同學最乾脆，凡是清晨半夜打錯電話吵人的冒失鬼，打空頭電話故作神秘的怪客，問明牌號碼的錢癡，莫名其妙的人，他一律的回答是：「我們這裡是棺材店。請問你們那邊死了多少人？需要什麼尺寸……」厚道的人責備他刻薄，勸他做人要寬厚，他就冷笑，也不想多說什麼。我倒是覺得迷糊了。這樣的世界，誰來說誰是誰非呢？

大學時代曾經住過宿舍。宿舍旁邊正好一架公共電話。意想不到的事情很多，往往你不想聽的話，自動飄了進來。聽到以後，由不得你不緊張。譬如你正好聽見有人打電話約好同學等一下下課要「修理」某人，某人正好你認識，於是你不得不馬上捲入這場莫名其妙的漩渦裡。

還有就是夜裡常聽人家對著電話哀求：「小芬，別這樣，再給我一次機會。」探頭出去看，每次說話的男孩子都不一樣。後來弄明白了，小芬是個可愛的女孩，也像電視上洗髮精廣告的模特兒一樣，美麗、純潔、健康又快樂。老聽見不同的男孩子掉進同樣的愛情悲劇裡，不免有種人生的感慨。清楚狀況的人想幫忙，卻著不到力。畢竟自己只是個不相干的旁觀者，老在別人的故事裡，流著自己的眼淚。

後來開始寫小說了，天真地以為凡是人間的喜怒哀樂都要管。閒著沒事跑到值星官室去聊天，看報紙，聽聽排隊的人都在說些什麼？人間的喜怒哀樂，悲歡離合，到底都是些什麼？然而聽著聽著，感覺淒涼透了。原來那麼多的人、感情、渴望、言語，說來說去不過是這些。雖說公開，總還免不了一點曖昧，一點遮遮掩掩，吞吞吐吐。總以為自己有什麼不得了的故事。更有甚者，非請假條外出去打公共電話不能滿足。

中國人算是保守習慣了。翻開登記簿，通篇的通訊登記，不外是時問：某某。受話人：朋友、親戚、爸爸、媽媽。一提到談話內容，保守得更離譜，簡直千篇一律，填個問候，再不然就是連絡事情。有個士兵看了氣悶，覺得必須有所作為，筆拿來一揮，談話內容變成——告訴女朋友，好想妳。

斗大的三個字，好想妳。看了真是大快人心。

風島艷夏

有時候聽到噴射引擎聲從地平線傳過來，以為是夢，其實不是。穿著橘黃色飛行衣的飛行員，戴著安全盔，降落傘，天還沒亮就清醒過來了。戰鬥機成排列在停機坪上，從噴射孔發出蒸騰的熱氣，熱氣中景象一片波動，像漣漪中的波光水影。領航員戴著耳機，站在機身前面，揮揮左手，飛機便向左搖搖尾巴；揮揮右手，飛機向右搖搖尾巴；他把雙手水平向兩側伸直，水波漾地晃動，飛機便開始試它的翅膀，學著樣，上下翻動翼面，像主人與他親愛的小狗。這一切都做完了，撤掉地上橫木桿，翻上玻璃護罩，睡眼惺忪的飛機差不多醒了，發出吱吱的超高頻聲調，動了起來。

再看到飛機從跑道的盡頭衝過來。小小的身影，明顯的三角翼，掛著飛彈以及副油箱，快得什麼似地衝過眼前。衝沒多遠，響尾蛇一般拉高機首，挺著身子，漸漸飄浮起來。還來不及掩耳，一陣凌厲的噴射引擎聲從空中直劈下來，那聲音愈來愈高，像把剪刀，硬把天空粗暴地撕開。飛機愈飛愈遠，像蒼蠅、像蚊子，最後只剩下模模糊糊的點，消失在空間的盡頭。那時天地悄然，風輕輕從人臉上吹過，安靜得彷彿什麼都沒發生過。在你來不及恢復之前，蒼穹漸漸變亮。澎湖的天地露出最素淨的容貌，似乎正朝著人微笑。於是一天便那樣開始了。

整個長長的夏日，我們的救護車都在機場的跑道上救護與待命。有時沒事，興致來了，便坐在機場裡看一整天雲。看過了一天，心裡空空蕩蕩，覺得生命又浪費過去了。可是有時候又想回來，竟有一絲絲自私的快感與得意，畢竟浪費生命也有浪費生命的樂趣。澎湖的山山水水教人那麼心甘情願，你忽然意識到一切那麼匆忙急促，再不乘機揮霍，整個生命就要消耗在那團無窮無盡的生存競爭，人情義理之中了。

日子多半是晴天，或者晴時多雲，氣象報告我們都懶得看了。如果清晨你醒來，看見跑道上的風向儀高高地張著紅白相間圓筒風帆，那麼這準是一個有風的日子。一個有風的夏日，事情就容易多了。這時天光初亮，夜雲和風嬉弄了一夜，疲憊了，懶散地掛著，等待交接。走進場內大塊大塊的天地靜定在那裡，無聲無息，假假的，像風景畫片。天空、海、草原、迷彩運輸機、瓊麻枝梗、雷達站、天人菊……彷彿都可以用剪刀剪下來，貼上郵票，寄給遠方的朋友。那上面正是最貼切的心情與問候，不需任何言語與文字。

隨著天色愈來愈亮，南風持續吹著，輕輕巧巧，空間裡有股沉默的等待。來自台灣的第一班飛機逆著風，遠遠從東北方位逐漸靠近。你看見它側著身體在轉彎，以優雅的姿態在空中畫弧。這時聲音還聽不見，它左右擺動翅膀，修正自己的方向，慢慢地和筆直的跑道契合了，變成一隻夏日的漂鳥，漂了下來。那大鳥的身影愈來愈大，你開始聽見低速檔噴射引擎的聲響，直到它大得不能再大，機身已經滑進了跑道，穩穩地左翼輪著地，右翼輪著地，在跑道摩擦出兩道白煙。又衝刺了幾百公尺，覺得滿意了，才慢慢放下機首，鼻輪著地。一時之間，嗤嗤聲響大作，雷霆萬鈞，機身抵擋不住那股阻力，震動了一下，終於緩慢下來。

穿著彩色汗衫的年輕人開著樓梯車，緩緩地接上機艙，我們的阿兵哥喜歡拿著望遠鏡四處張望，還在艙門打開的那一剎那大呼小叫。引人興致的事物可真多，什麼郵件、報紙、搖滾樂、草帽、墨鏡、小孩、觀光客、穿碎花布連身短裙的女郎，婀娜多姿的擺動……這些波潮似的片段總激起我們許多美好的想像。有時候我不免懷疑，大部分的夏天，都裝在飛機那白白的大肚子裡了。

整個上午，戰鬥機就在頭頂上的雲間出沒。運氣好的話，還可以看見它拖著兩道白色尾巴，在天空盡情地追逐、翻滾，視線跟到哪裡，白色的線條便畫到哪裡。你是個軍人，肩負著保國衛民的重任。可是你的心裡仍像個純真的孩童。厚厚的雲層是軟綿綿的棉花堆，你很想在那上面坐坐、滾滾、痛痛快快地打棉花仗。

過了晌午，艷陽映照大地白花花一片。飛行員都躲在飛機大翅膀的陰影底。飛行員看起來十分神氣，可是下了飛機也不過是普通人，他們習慣戴著太陽眼鏡，透過雷朋鏡片審視一切。沒有誰把墨鏡拿下來過，他們戴著墨鏡聊天、說笑，戴著墨鏡吃飯、休息，還戴著墨鏡擦皮鞋……而熱是嚴陣以待的天羅地網，教人升起無所逃脫於天地之間的絕望。

吃過了午飯，天地之間懶洋洋一片。場面給艷陽曬得空氣波動，景物蒸騰曲折。遠遠看著，黃沙蕩蕩。更遠的地方站著塔台，孤絕高聳，不知怎地，心也跟著荒涼起來。人只覺得慵懶，十分昏沉，一直往深淵裡掉，想見了許多遙遠的美好，冷氣、冰淇淋、紅茶……再掉得更深，你夢見了叢林，有許多大象轟隆隆地奔跑過去……懨懨地睜開眼睛，原來是C-130巨型螺旋槳運輸機起落。飛機滑過去，熾悶的炎夏午後還在，你昏昏沉，又陷落了。

四下沉悶得緊，漸漸除了熱，便再也沒有別的感覺存在了。

偶爾有飛機從晴空劃過。聽慣了噴射引擎和螺旋槳引擎，分別那些機種、機型以及班次便不再是什麼難事，光憑耳朵就可以勝任愉快。噴射引擎粗糙而尖銳，隱隱約約帶著不安。有時人在睡夢中聽見轟隆隆地一群飛機飛過，那不安便劃過潛意識，化成了無數可怕的惡夢。你對噴射機不太信任，覺得太快，太神奇，像大衛魔術無緣無故飛了起來。那種凌駕一切的盛氣教人無由生厭，你不喜歡任何自以為是，或者是要改造世界，造福人群的所謂真理。

螺旋槳反倒寬心。那聲音沉甸甸，啪、啪、啪地轉著，有種節奏，讓你感到人的興味。與噴射機相形比較，你喜歡那樣現世安穩的氣氛。無論如何，你可以看見螺旋槳在轉，看見它在努力，一切都有清清楚楚的來龍去脈。人與物相親，萊特兄弟初發明飛機那種驚喜，還有那個時代天人之間的分寸與卑微還在。

長長的夏日就這樣安靜地陪著你。等到午寐醒來，仍是繁雜繽紛的機場，班機起落，機務繁忙。有時，下過一場午後雷陣雨，連你自己都不知道。地面上殘餘著薄薄一層水膜，像面天然大鏡子。風雲聚散悄悄，一群候鳥從機場上空翱翔過去，也從水面倒影滑了過去，那影子撩起你心中莫名的什麼。一切都那麼陌生，卻又熟悉。在地面上走著，還濺起無數細細瑣瑣的水花。你在水鏡面中乍見自己的容顏，竟有些驚心。

黃昏時分，巡弋海峽的F-5E戰鬥機都回來了。它們側著身在空中分列，畫出好幾個圓圓的大弧，從跑道盡頭二架次、二架次落下來，衝到你的眼前，從機尾冒出一個大傘，擋住衝力。慢慢飛機停了下來，它扭個屁股，便把大傘留在跑道上了。你向飛行軍官行禮，他也向你答禮。你們交換微笑，又完成了一天工作，覺得這個國家固若金湯。

漸漸，夕陽滾著火球沒入地平線，天地之間都是大塊大塊的幾何圖形。那時候，氣候轉涼，一片金黃絢爛，澎湖的山水便有了敦厚與溫存的味道。士兵們喜歡騎著腳踏車在副跑道上兜風。騎著騎著，腳踏車並沒有飛起來，大夥卻兜了滿身風。汽車跑在遙遠的公路上，比腳踏車還慢。更遠的地方飛行著往香港的國際班機，更不如汽車了。一隻瘦瘠的黃牛靜立在機場邊草坪上，無動於衷地看著。時間無形的大手把一切向未來挪動了些，可是澎湖仍介於傳統與現代之間。

慢慢，連夕陽的餘光也黯淡下來，跑道兩岸便亮起了紫色的燈，靜靜地守候，塔台一迴旋一迴旋的光也可以看見。站在偌大機場裡，風從四面來，飄飄地打著衣襟，掀起身上的識別證。在風中翻飛的都是許多訴說不清的往事。你想起了愛情、誘惑、真理、死亡……還想起了風簷展書讀，古道照顏色那麼正氣凜然的事，竟冷不防冒出一絲絲淒涼。忽然覺得，能夠實實在在相信一些什麼，本本分分活下去，是多麼幸福的事。

夜再深，連紫色的跑道燈都熄了，便把天地交給星子們去守候。海面橫躺在遠方，沉靜了一日，不甘寂寞，跟著把一盞一盞的漁火點燃了。

至於明日澎湖是怎樣的面貌，是誰也說不準的。等到一整個夏季的艷陽都匆匆與這個島嶼打過照面，夏季也就過去了。有風的日子，陽光一樣照得人暖烘烘地，有種興致、熱騰騰的感覺，以為逝去的一切還在。想想覺得悲哀，人活著，總靠那麼一點錯覺與感受，才能活得理直氣壯。可是關於這個夏天不再回來那麼簡單的事，心裡卻比誰都還要明白。

最是醉時

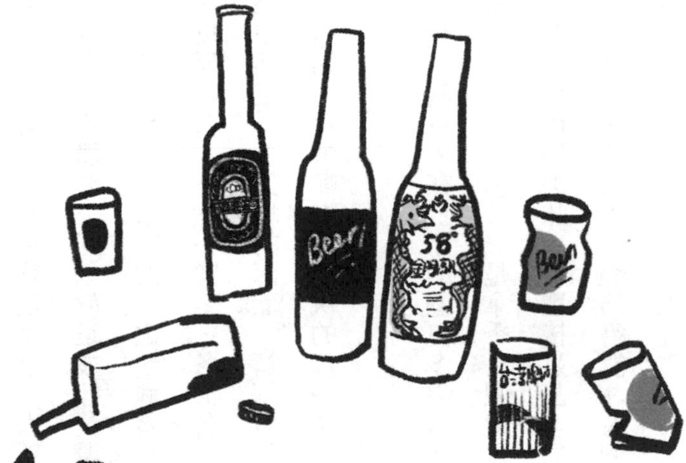

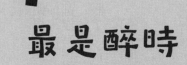

一個男人酒品不好其實算是其次，更重要的應該是酒量。大部分人的生活都沒有書上說的，或是電視上演的那麼美好。於是幾杯黃湯下肚開始膨脹了。自吹自擂的有之，拍翻了桌子說狠話的有之，觀著自己的肚臍眼，搥胸頓足、大哭大鬧、反反覆覆、死纏不清……各形各色，荒腔走調，一概有之。總之，如果生活是平靜無垠的海面，情緒就是海底下的暗潮洶湧，而酒是一陣狂風驟雨，嘩啦嘩啦把潛伏的那些波濤巨浪都翻騰上來……

歐美先進國家的時髦怎麼樣我不明白。在台灣的酒鬼多半喜歡逞英雄。逞英雄當然也追隨流行。前一陣子普遍的做法是拿香菸頭燙自己的手臂。先是聽到嘶的一聲，然後聞到烤焦的肉味。這種接近乩童的自虐行為，性情不夠剛烈，或是酒精濃度不夠的人不敢輕易嘗試。旁觀者觀之莫不臉色為之大變。果然夠英雄，很好，我喜歡……

漸漸流風轉變。撚香菸頭的動作當然不夠刺激，現在流行的是拿手去砸玻璃。火熱熱的一拳揮過去不但有聲響，而且還有血淋淋的畫面，比原來一點一點的香菸疤還要大製作、大成本，自然更受歡迎。我在空軍基地服役擔任軍醫時，最恨發餉日。全體士官兵薪餉在身，一入夜，那真是馬公一片月，萬戶划酒聲。等到夜更深，基地遠近傳來清脆的玻璃聲和野狗叫聲，我就知道生意上門了。通常一個晚上縫合七、八個破裂傷兵並不算稀奇。送過來的酒國英雄無一不轟轟烈烈，足以驚天地、泣鬼神。酒喝得夠了，人人咬緊牙根，根本不需要麻醉藥。我拿著手術針剪，一針一針縫合，手術室內比廟會還要熱鬧，多的是喝采叫好的戰士、弟兄……等我兩眼紅腫地度過這個耶穌受難夜，走出醫務所，正好是一個美麗的清晨，看見玻璃店老闆笑咪咪地正丈量玻璃，還愉快地和我招呼。跟在他後面，愁眉苦臉的是基地的財務官……

心裡不平衡的弟兄喝了酒，身在離島不免有許多島民情結要發洩。於是胡鬧非為，糾纏不清，觸犯軍中紀律。軍中長官本著愛的教育，總是處處讓步，多方疏導，有如大禹治水。反其道而行的長官自然也有，我就碰過一個性情更剛烈，酒精濃度更高的中隊長。他的辦法是高壓鎮暴。他的壓力到底有多高呢？就有一次，他怒得搬出庫藏的烏茲衝鋒槍大喝：

「他媽的，格老子這輩子就是不信邪，有種的喝酒再吵鬧，裝英雄，我先轟得他腦袋開花，再陪他同歸於盡，看誰夠狠……」

他搖搖晃晃開了兩槍，把水泥地打出大大的洞。再瘋癲、吵鬧的酒鬼全跪在地上——求饒了，全場靜默無聲，只有我在那裡想盡辦法忍住不笑……這故事聽起來像發生在軍閥時代，可是那不打緊，從這個故事得到一個教訓，那就是酒精喝出來的神勇到底是有限的。

依照醫學理論，進入麻醉有四個階段。覺得微微昏沉，這是第一階段。過了第一階段，進入譫妄期。這時候，那些抑制著我們神經衝動，規範我們的意識、理智、教我們說不的神經，都被麻醉了。我們開始覺得解放，甚至有種不可言喻的幸福感，這是所謂的第二階段。血液濃度再升高，才進入適合手術的第三階段，甚至是回天乏術的第四階段。幾乎所有的麻醉藥品都要經過誘人的第二階段，這是麻醉品永遠的趣味。萬一麻醉品進入體內，直接跳入第三階段，那麼全世界的毒梟、黑社會、酒吧，恐怕立刻都要倒閉。科學家如果發明了類似機制的戒毒藥、戒酒藥，同時囊括諾貝爾醫學獎、和平獎、經濟獎，應該不是什麼問題。

話又說回來，要不是人類自己有這麼多重的人格、複雜的心情，一層又一層卸不掉的面具，酒精其實也沒有這麼多趣味。說穿了喝酒根本是自己和自己玩捉迷藏的遊戲。人類似乎是永遠興致勃勃地穿上面具，又脫下面具，然後在面具之間尋找自己。萬一這種穿脫的把戲和牽涉到找尋別人的面目，或者是一個團體間的交際來往，那保證更精采了。

有個長輩在我還未進入社會之前，就對我諄諄善誘。教我喝酒的禮節。什麼酒可以喝，什麼酒不能喝。什麼時候該醉，什麼時候不能醉。該喝的酒怎麼喝，不該喝的酒怎麼擋。當主人怎麼喝，當客人怎麼喝。對長輩怎麼喝法，對晚輩又是怎麼喝法……據說他從來沒有醉倒的紀錄。他總是謙稱不會喝酒，果然兩杯黃湯下肚，立刻滿臉通紅。大家相信他沒什麼酒量，可是我見過他的真正實力，那真是驚人。這樣的事總讓我感到灰心，覺得社會險惡。

慣常在交際場合出入的人根本不把這些當回事，甚至還帶一點欣賞的心情看待。不可否認，最精采的心理戲通常在酒場發生。男人與男人敬酒，是較量、試探、示威。女人與男人喝酒是調情、曖昧、需索。至於女人與女人喝酒，那是至今我還不懂的事。遊戲的規則是場面得功德圓滿，人人盡歡。然而更重要的原則是絕不能醉倒。再功德蓋世的偉人，一旦被扛著回去，這個污點保證成為別人永遠的話柄。更有甚者，萬一你在醉意盎然之際，還做出了什麼悔恨的舉止或者洩漏了什麼不堪的秘密，那人們愈發津津樂道了。

冷靜的想，熱絡而諧和的場面，反倒是人揪人，試著抓破別人面具的戰爭。像是電視上踩氣球的遊戲。哨音一響，每個人爭先恐後保護綁在腳上的假面具，竭盡全力去踩破別人的假面具。沒有面具的人上不了檯面，只得悻悻地退出了比賽。找不到故事的小說作家，只消靜靜地坐著看，每一杯恭恭敬敬乾杯的酒，背後不難找出一篇小說的題材……

光是人情世故，已經覺得了無生機。酒喝著喝著，把生命陰暗的那些本質都牽拖出來，更是不堪。我看過一則報導，說是一群聚在一起喝酒的失業酒鬼，酒喝完了沒有錢就輪流去賣血，換酒來喝。體質不堪的，很快死掉，立刻大家替他放鞭炮。遺缺馬上有人遞補上來。這樣的死亡團體不用廣告招生，卻源源不絕有人加入。不久，原先的面孔都死光了，換上一些新面孔，承受著他們自己的沉淪。這樣的報導，彷彿看見人類彼此活生生地吸食別人的血液，不由得教人毛骨悚然。永遠不會消失的團體，不斷地麻醉、沉淪，一起沉進魔鬼、死亡的懷抱裡。唉，上帝製造出這麼不牢靠的動物，不曉得會不會嘆氣。

喝酒喝成了這樣的局面，實在是人生最大的諷刺。我小時候讀到詩句裡面的酒，總是意境深遠，無與倫比。像是「晚來天欲雪，能飲一杯無？」「勸君更進一杯酒，西出陽關無故人。」「明月幾時有？把酒問青天。」都無一不讓人陶醉。漸漸讀懂得一些傷感的詩，什麼「落魄江湖載酒行，楚腰纖細掌中輕。」

「今宵酒醒何處，楊柳岸，曉風殘月。」

「青青子衿，憂憂我心，但為君故，沉吟至今。何以解憂，唯有杜康。」

心中覺得一些淡淡的愁，即使是殘缺，也是如夢如幻的。偷偷找出冰箱的啤酒來喝，天哪，苦成這種滋味。慢慢長大，忘了酒的苦楚，學會面不改色，一杯一杯與人乾杯，不想心中的意境卻失落了。對於飲酒作樂，場合處得多了，不免失望得很。恍然大悟，文學藝術與現實的世界到底是有距離的。

於是關起大門，自己一個人獨酌，酌得飄飄然，不曉得是莊周的蝴蝶，還是蝴蝶的莊周，卻生出莫名的創痛，覺得人生種種實在禁不起細究。有些人一輩子想抓住自己，在自己拋不掉的面具間尋尋覓覓，永遠弄不清楚自己到底在哪裡。有些人牢牢地抓住片面的自己不放，心裡卻恨那個自己。喝了酒，撕掉一層自己，想更真確地看看自己，卻浮現出比陌生人還要陌生的自己……

狀態存在於狀態中，而自己永遠還是自己。這些風花雪月，和酒精其實都沒有什麼關係。所謂醉酒，不過是人類心甘情願，自己替自己找來的一場騙局。而醉酒之所以動人，恐怕還在於人人都需要一個值得活下去的騙局。

刷刷洗刷刷

既然穿衣服，就應經常換洗。可是常常莫名其妙，就堆積起來了。眼看它愈堆愈高，心裡自在的空間愈來愈少。終於有一天不得不面對現實，領悟到原來那些衣服正是人的心情。

時代變成了這樣，男人洗衣服已經不算什麼稀奇的事，更何況人在軍旅。總有人愛把這些芝麻大的事背後意識形態拿來當回事般地探討。每天電視裡廣告著各型全自動洗衣機，心裡倒有幾分恐懼，終有一天，不管是男人的戰爭，女人的戰爭也好，轟隆隆的機器，終要淹沒這些嘈雜的聲音。那時候，不再有人記得洗衣服到底怎麼回事，驀然回首，原來又過去了一個美好的時代。

有時候也不為什麼，單純是心情好悲傷。無所謂的什麼誘惑我們去洗衣服。刷刷洗刷刷，洗著洗著，每件衣服都是一樁心事。這件是爸爸送的生日禮物；這件是屬於一個分手的女朋友，沒有再拿回去過；這件是去年領獎時候穿的衣服。還有收拾起來的醫師服……瑣瑣碎碎的記憶，都從落塵的角落一件一件找出來，溫柔地搓洗著，我們想起自己的一生，有那麼多歡笑與淚水，那麼多值得記憶的事情，眼前再大的悽愴，似乎也算不了什麼。

刷刷洗刷刷，心情似夢，感覺卻真實。活著也不過是吃飯、穿衣。一下一下地搓揉，污垢一層一層褪下來，洗衣服的快感直截了當，沒有什麼曲折，沒有滄桑，也沒有無可奈何。洗完衣服，嘩啦啦一線晾開，在風中展著萬國旗，乾淨與骯髒都是自己的事，和別人沒什麼相干。那裡面有著親切，親切中，又帶著無比的理直氣壯。

如果是一個多風的冬日，陽光正好來了，那就不得了了。走過曬衣場，風鼓著色彩繽紛的衣服在空中翻飛。光線閃爍著亮麗的色澤，彷彿有許多人正在翩翩起舞。靜靜地看著，覺得十分安心，那些遙遠的什麼似乎又都回來了。

我們懷抱著蹦蹦跳跳的心情，像個七、八歲的頑童，把地面上的石頭踢得吱吱作響。生命總是無窮無盡地循環著，可是有那麼一刻，衣服都洗好了，風與陽光變得溫柔，我們好喜歡這一切，覺得原來生活也可以是夢。

慢慢跑

不知從什麼時候開始，就渴望能穿上球鞋，自由自在地奔跑。澎湖的山水天地是清明動人的一片空曠，總以為那樣跑著跑著，自己會變成自然，成為風景的一部分。可是生活有許多纏人的瑣事與心情，看診、辦公、閱讀、考試，送往迎來，人情義理……終於有一天，面對著彩霞絢爛的雲空，再也按捺不住了。

「我們去跑步吧。」我告訴朋友。

「你瘋了？我們還有那麼多工作！」他懷疑地看我。

「讓它們等一下好了。」

一點點的堅持。就這麼簡單，脫掉上衣，換一雙球鞋，我們開始一步一步跑了起來。

吸，吸，呼，呼——不用拚命地衝刺，也不需要競爭的對手，單純地只是自己的事。你可以感覺到自己的心跳、呼吸、汗液，還有那些蓄勢待發的疼痛蟄伏在肌肉底……

大概從掉進感情、婚姻、家庭、事業、工作的生命陷阱之後，便開始覺得自己正在衰老。尤其當了爸爸的朋友喜孜孜地寄來和新生兒合照的相片時，那種感覺更是沉痛。曾幾何時，那個無憂無慮，每天盼望長大一點點的孩子，已經被另一個世代的孩子取代，一步一步趨向衰老。雖然衰老並非真正那麼驚心動魄的事，可是衰老背後時光那樣無情的流逝教人感到不服氣，覺得必須有所作為。而慢跑，正是一點微不足道的抗議。

慢慢地跑，島嶼的山山水水都在我們的呼吸吞吐當中，漸漸就不需要任何理由了。似乎也沒有什麼事真正重要得不能放掉。穿上慢跑鞋，所有事情都讓開了，等著我們去跑步。地球仍照常運轉，沒有因此發生任何遺憾的事。

興致好的時候，我們到沙灘上去慢跑。那時天還沒亮，整片純白的沙灘讓風梳理得細緻勻稱，等著我們赤足踩踏。呼嚕嚕的浪來了又去，也懶得理會我們。踩一下是一個腳印，跑遠了，回頭看見交錯的兩排腳丫子，浪一沖，又不見了。

有時候是傍晚，我們到基地機場的滑行道去跑步。長長的滑行道，從這頭到那頭是三千公尺。三千公尺，跑著跑著，天色暗了下來，跑道亮起一格一格紫色的指示燈。主跑道上最後一班離開澎湖的班機開始衝刺，比肩超越過我們，輕輕地飄浮起來。我們兜了滿身風，仍在地面奔跑，心情卻隨著飛機飛揚了起來。

慢慢地跑，這一切完全只是自己的事。從前跑步，總有個起跑線。槍聲響起以後咬緊牙根拚命衝刺，終點在看得見的地方，有許多掌聲、獎品與獎杯。漸漸長大了，童年那些純真、夢想一個一個幻滅。看醫院裡生死掙扎，看人群恩怨糾葛，總覺得生活是一條時間鋪成的跑道，其實並沒有什麼勝利者。而生命，是假設在下一秒鐘呼吸的狀態與遊戲。你得去調穩自己的呼吸、步伐，慢慢地，跑出自己的尊嚴和喜悅，你聽不到任何掌聲，也沒有人會告訴你終點在什麼地方……

呼，呼，吸，吸——一步一步跨著步，那些生理現象逐漸順暢開來，風呼呼地吹過耳際，可是什麼都聽不見，只剩下自己和許許多多的回憶與風中的過往。

出了機場，跑上公路，轉個彎，迎面撲來的是海洋的鹹腥——我們奔跑在有天有地的自然懷抱裡，覺得與萬物造化無比親近。到了黃昏，火紅的大太陽一點一點地沒入海面，剩下詭異的天光在海平線更遠的地方變換著絢麗的色彩。愈跑愈遠，我們可以聽見自己的喘息聲，可是無垠的天地溫柔地包含這一切，那麼大的喘息雜在轟隆隆的潮來潮往之間，似乎也不算什麼。

因為興致昂揚地跑著，忘記了疼痛。慢慢，那些蹦蹦跳跳的心情便不再了。漸漸長大，不再訴苦或抱怨任何悲哀，一步一步慢跑的心情彷彿成長。學習著去承受苦痛、無可奈何，從苦痛中去感受喜悅。原來沒有什麼是平白的。所有的樂觀都源於灰燼的絕望中，而所有的喜樂，也源於痛苦的付出。

呼，呼，吸，吸——再往前跑，一切都遠了。只剩下空白、孤寂以及心裡強烈的吶喊——停下來，停下來。可是這一點一滴的喜悅與苦楚都是你自己的事，沒有人能幫助你跑一公尺的路，或者代替你感受任何事。正確的思慮與估計，不急不躁的呼吸與步伐，堅定的信念與意志，持續地向目標穩定邁進。那些青澀的想望、理想主義的吶喊、熾熱的燃燒與橫衝直撞的天真都學習著變成恆久的溫蘊，穩定的關懷……

慢慢地跑，偶爾你抬起頭撥去額上的汗珠，也側頭看個周遭的風景。跑過了元宵開始是章魚的季節，還沒入夜，海面就一片漁火錦織，像是夜市開鑼。過了三月，綠茵的地面上開始鋪陳出橙黃的天人菊伴你一路。四月，瓊麻挺起高高的枝梗，遊客們提著大包小包的土產，在這裡照相，那裡照相。到了五月，丁香魚產量正旺盛。漁人碼頭到處是大快朵頤的食客。紅新娘、石斑魚、海瓜子、蝦蟆、海臭蟲、鳳螺、生啤酒，還有解渴的哈密瓜、嘉寶瓜……

入了夜，奔馳在路上比你還快的是一輛一輛租借的摩托車，和那抵擋不住的青春歡笑。到了六月，F-5E戰鬥機在你的頭上翻滾呼嘯，海面上升起一面一面亮麗的風帆，那時澎湖的夏日正進入高潮，整個島嶼如在天堂……

而我們仍快樂地跑著。陽光在我們的肌膚貼上薄薄一層褐色，那些紛紛擾擾的事物與眼花撩亂的過眼雲煙在心中慢慢沉澱下來，我們變得明淨清澈。那些曾教我們傷心欲絕的幻滅，冠冕堂皇的所謂真理，以及那些轟轟烈烈的所謂偉大，其實也不過是如此。活得明白了，沒有什麼失敗不能站起來重新來過，也沒有什麼事情不能笑笑看待……

「明年這個時候，你聞到海面飄來的腥味，那是吹著南風的夏天，你也要退伍了。」

慢慢地跑，記得才不久前的去年有人告訴過我這句話，而今年的夏日竟以這種排山倒海、驚心動魄的方式來了。一步一步地跑，有種不忍的割捨。縱使澎湖的艷陽夏日並不適合離愁，可是總有幾分貪戀，想把那一步一步的路途，一點一滴的汗水與沉思跑成胸中永遠的氣度與風景。

畢竟沒有什麼能永遠為我們停留。只有那一步一步跑出來的堅持，才是最真實的生命。

慢慢跑，呼，呼，吸，吸——一步一步地跨出去，不知不覺為自己跑出最美麗的姿勢。

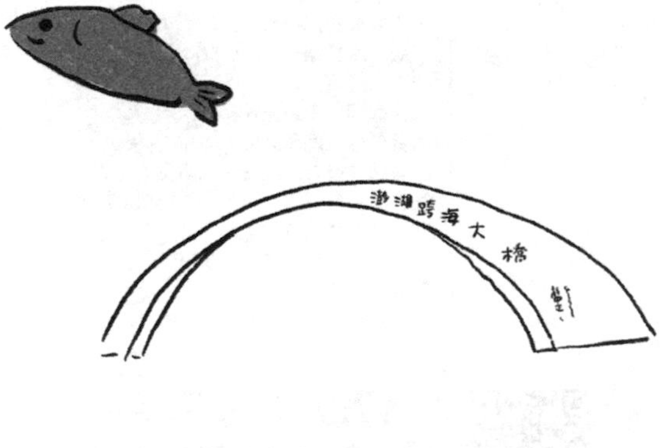

國家圖書館出版品預行編目資料

離島醫生 / 侯文詠著. --三版.--臺北市：皇冠文化.
2024.04
面；公分（皇冠叢書；第5153種）（侯文詠作品集；5）

ISBN 978-957-33-4137-6(平裝)

863.55　　113003257

皇冠叢書第5153種
侯文詠作品 5

離島醫生

【三十週年紀念版】

作　　者—侯文詠
發 行 人—平　雲
出版發行—皇冠文化出版有限公司
台北市敦化北路120巷50號
電話◎02-27168888
郵撥帳號◎15261516號
皇冠出版社(香港)有限公司
香港銅鑼灣道180號百樂商業中心
19字樓1903室
電話◎2529-1778　傳真◎2527-0904
總 編 輯—許婷婷
責任編輯—黃雅群
行銷企劃—薛晴方
內頁設計—李偉涵
內頁插畫—Bianco Tsai
著作完成日期—1988年01月
三版一刷日期—2024年04月

法律顧問—王惠光律師

讀者服務傳真專線◎02-27150507
電腦編號◎010204
ISBN◎978-957-33-4137-6
Printed in Taiwan
本書定價◎新台幣380元/港幣127元